細音啓

Illustration neco

Vol. 1

Phy Sew lu, ele tis Es feo r-delis uc I.

Sword of Destiny

Chapter: 「0」 Prologue

Phy Sew lu, ele tis Es feo r-delis uc l.

少女看似天使。

少女也看似惡魔。

她的背上生有一對翅膀，翅膀根部是黑鴉般的烏黑色，但隨著翅膀向前延伸，其雙翼也逐漸染上了新雪般的純白色。

黑與白的漸層。

一對同時具備惡魔與天使兩方特徵的翅膀，就這麼生於少女的背部。

若要以一個詞彙來形容——

……天魔？

不對，這樣的種族是不存在的。

在少年所知的世界之中，不管是天使還是惡魔，理當都在極久的往昔就消失於地表上了才是。

既然如此，那這名少女究竟是什麼人？

「────」

鏘鎯。

束縛住少女的鎖鍊聲，讓少年──凱伊回過神來。

有翼少女被綁在一根圓柱上頭。

為了讓她絕對逃不了，她的四肢都被鎖鍊綁縛住。

「……呃？…………」

垂著脖頸的少女抬起臉龐。

她就連雙眼都被鎖鍊遮住了。即使如此，她應該還是察覺到了少年接近的氣息吧。

「……是誰……在那裡？」

少女道出的，是人類的話語。

明顯不屬於人類種族的少女，將臉龐轉向人類少年所在的方向。

「妳問我是誰……」

我才想問妳是什麼人啊。

雖然想這麼說，但緊張的心情讓他開不了口。而就在少年屏息抬頭的這段期間──

「鈴娜。」

「……鈴娜，那是妳的名字嗎？」

少女用力點了點頭。

同時，一滴小小的水珠順勢從眼角劃過臉頰。

「……求求你……」

「求我？」

「…………救救我，幫我解開這鎖……鍊────」

在把話說完之前，少女已然暈厥過去，垂下了脖頸。

救她？

並非人類的種族，居然央求人類解放自己？

在少年所在的世界──

歷史上，人類曾和天使與惡魔等其他種族爆發過慘烈的大戰。

換句話說，就是所謂的敵對關係。在救下少女的瞬間──對方也有極高的可能性會翻臉動手。

若是想明哲保身，在確認過少女的真面目之前，就該袖手旁觀才是。

……理應是如此。

然而……

「────我知道啦。」

少年握緊右手的劍，朝著少女走近。

就算這是個圈套。

在這個世界孤單一人，也快讓他的精神瀕臨崩潰了。

他走近遭束縛的少女。

他謹慎地瞄準，避開了那對似天使亦似惡魔的翅膀，揮下了手中的劍。

——他解放了有翼少女。

在鎖鍊碎片傾注散落在地的同時，受到解放的少女癱倒在地板上。

「……到底是怎麼搞的，這裡是哪裡，這個女孩又是誰？」

他抱起了少女。

少女的體重之輕和柔軟的肌膚觸感，讓他的內心稍感動搖。

被世界遺忘的少年——

凱伊咬緊牙關，夾雜著嘆息說道：

「為什麼都沒有人記得原本的世界啊……！」

World.1

Chapter: 於是世界遭到替換

Phy Sew lu, ele tis Es feo r-delis uc l.

1

紅褐色的大地映入眼簾。

荒野由裸露的岩層構成，上頭覆著一層薄薄的沙礫，看不到任何動物的身影。在這片僅生有少許灌木和草堆的殘酷之地——

有一輛偵察戰鬥車停了下來。

這是將運輸車加裝了厚重裝甲，更搭載了機砲的凶悍車輛。

「下午兩點，準時抵達。」

偵察兵——凱伊・沙克拉・班特自貨臺一躍而下，取出了雙筒望遠鏡。

他今年十七歲。

凱伊有著深藍色的頭髮，以及同色系的眼眸。

他身穿人類庇護廳的戰鬥服。日復一日的訓練所鍛鍊的身體具備紮實的力度，雙眼也透露出堅強的意志。

「接下來將開始進行『墳墓』的監視。莎琪、阿修蘭，你們也做準備。」

凱伊以雙筒望遠鏡窺探之處為地平線的盡頭，該處矗立著一座古怪的建築物。

那是一座漆黑的金字塔。

其形為宛如以精密機械所描繪出來的正三角錐。而三角錐的表面被塗上了一層墨水般的黑色，成了這座紅褐色荒野中格外醒目的存在。

「狀況——」

「當然不會有異常吧？」

在車子的副駕駛座上，將板夾擱在腿上的青年以慵懶的口吻回應。

青年名為阿修蘭．海羅爾。

阿修蘭比凱伊大一歲，今年十八歲，身材高挑的他是偵察兵凱伊的同事。

「沒半點事發生啊——對吧，凱伊？」

「目前只經過七十秒。墳墓的觀察時間一向定為三百秒。」

漆黑金字塔被稱為墳墓。

映在凱伊雙筒望遠鏡裡的這棟建築物有兩百公尺高，幾乎可與現代的超高層大樓匹敵。而凱伊正從頂層到底部仔細地觀察著。

「就說不會有事啦。喏，差不多該過三百秒了吧？」

「現在為一百七十秒。」

「啊————真是的，做做樣子不就好了嗎……我可是被車子一路晃到暈車了，就不能快點結束嗎？」

早早就在報告書上寫下「沒有異常」的阿修蘭整個人癱靠在座位上。另一方面，凱伊則是沒將雙筒望遠鏡離手。

「三百秒。」

「……哦……哦。你還是一樣一板一眼啊……」

「報告，烏爾札聯邦境內的墳墓沒有異常。**惡魔正常地遭受封印**。」

「……唉～」

副駕駛座上的阿修蘭深深地嘆了口氣，將身子轉向駕駛座。

「喂，莎琪，妳也唸唸他啊。既然昨天和今天都沒有異常，明天也不會有異常吧？」

「嗯——？」

被稱為莎琪的橘髮少女坐起身子。

她嚼著愛吃的口香糖，將上半身頹靠在駕駛座的方向盤上。

「又沒關係。凱伊認真工作，我們也樂得輕鬆呀。」

「但認真也該有個限度啊。已經一百年了耶，一百年。紀錄上曾發生過在大戰後被封印的四大種族逃逸的事件嗎？有嗎，凱伊？」

「沒有。」

「對吧？」

「我們監視的目的，就是讓從未逃逸的紀錄保持下去。」

「…………你是對的，但不覺得肩膀痠嗎？」

「就算只有咱們這邊認真幹活也沒用吧，在這世上共有四座墳墓呢。」

莎琪又朝嘴裡扔了一粒口香糖，開口說道：

「其他三座的士兵肯定也在認真監視著。」

凱伊回應著制式公告般的內容，朝著偵察戰鬥車邁步。

「這可是重要的任務。萬一惡魔從墳墓逃竄出來，那可會釀成慘劇的。」

這世上共有四座漆黑金字塔。

被稱為墳墓的這些建築物，乃是用來監禁在過去大戰之中與人類交戰過的其他種族。

——能操控強大法力的惡魔族。

——包含天使、精靈、矮人等亞人族勢力的蠻神族。

——幽靈等擁有特殊肉體的聖靈族。

——以龍族為頂點，由巨獸匯聚而成的幻獸族。

在漫長的時空之中，人類飽受實力遠超己身的四大種族威脅。

但百年前的一次轉機，讓人類成功地絕地反擊。

包含人類在內的五種族展開混戰，爆發了史上規模最大的五種族戰爭。在經歷這場戰爭後，人類成功地將四種族封印在有「墳墓」之稱的漆黑金字塔中。

而自那天以來，人類便徹底地監控墳墓。

「對了對了，凱伊，有重要的事忘了跟你說。」

莎琪從駕駛座上探出身子。

「下週要慶祝貞德升官喔。關於要送的禮物呀——」

「我還在執行任務。抱歉，晚點再聊。」

「……真是的——！不就什麼事都不會發生嗎！現在講又不會怎樣！」

莎琪揚聲抱怨道。

至於阿修蘭則是一臉呆滯地靠在副駕駛座上。這對於現代社會來說稀鬆平常的反應，換句話說就是「這是個和平的世界」。

四種族不可能從墳墓之中逃出去——

不只是莎琪和阿修蘭，對於依循世界規定服兩年兵役的年輕人來說，這幾乎已是能宣之於口的真心話了。

認真執行任務的凱伊，反而可以說是極為稀有的例外吧。

「就算不會有事，我也不打算草率行事。但這有一半算是我在耍任性吧。」

莎琪和阿修蘭並不是混水摸魚的士兵。

兩人的主張反而才是對的。維持封印已有百年之久的墳墓，確實不太可能在明天忽然嘩啦啦地崩塌傾圮。

不過……

凱伊有著對於墳墓的封印格外重視的特殊理由。

「因為我**見識過**了。」

十年前，他曾摔進惡魔族的墳墓之中。

凱伊曾在漆黑金字塔的內部，親眼目睹於其中蠢動的大批惡魔。

「又要聊那件事了啊？人家和阿修蘭都聽過二十遍了。」

「就說是你多心了，哪有人摔進去還能活著出來的，那裡可是惡魔的老巢耶？」

正如阿修蘭所言，凱伊也覺得自己能夠生還是一起奇蹟。

然而，他現在還是活得好好的。即使在無數惡魔的襲擊下昏厥，但在恢復意識之後，他卻發現自己倒在墳墓外。

只是沒有任何證據能證明他的記憶屬實。

……那些惡魔帶來的壓迫感是那麼地強烈。

……那絕對不是我的妄想，絕不會是我在作夢。

在面對惡魔時所感受到的恐懼。

就算無法獲得周遭人們的認同，凱伊仍憑著直覺認定那強大的種族確實「有可能」破壞墳墓的封印。

他說什麼都得為惡魔族的反攻做好準備。

為此，在這十年時光中，凱伊比任何人都努力——以傻瓜般的幹勁不斷訓練自己。

他將所有的休息時間全都拿來訓練，即使是在用餐或洗澡時也全心投入在想像訓練中。就連上司都半是傻眼地給他取了個「訓練狂」的綽號。這就是凱伊。

「那是凱伊才七八歲時的事吧？墳墓的入口只有一個，你要是摔進去，看守的士兵不可能沒看見吧？」

「況且還有監視攝影機啊。我說凱伊，**什麼都沒拍到對吧**？」

甚至沒有目擊者能證明證明凱伊跌落其中。

正確來說，是原本在他身旁的大人全都口徑一致地表示「不記得了」。

「所以人家就說了，那只是一場夢，是孩提時期作過的惡夢！凱伊，你忘了之前一臉嚴肅地對教官說這件事，結果惹得對方露出古怪的神情嗎？」

「不，我還記得。」

「對吧～？」

莎琪連連點頭。

「所以說是凱伊的記憶有問題嘛。」

「就算真的出了問題，也不代表應該放棄監視墳墓的任務。」

「什麼啦——！」

莎琪和阿修蘭發出了慘叫。

「回報總部吧。下午兩點的監視結束，墳墓沒有異狀。」

凱伊沒理會兩名同事的反應。

而是回頭看著墳墓這麼說道。

2

人類庇護廳——

這是終結了五種族大戰的人類，為防萬一而設立的**針對其他種族**的機構。

萬一墳墓出了異狀。

萬一四種族逃離墳墓襲擊人類。

萬一五種族大戰再次爆發。

為了未雨綢繆，人類庇護廳廣受各國的委託，開發了火力強大的武器，也籌備了道路和鐵路等運輸設施，並制定了兵役制度。在現行制度下，所有國民都得作為人類庇護廳的士兵參加為期兩年的訓練。

不過，這已經是略顯過時的制度了。

到了現在這個時代，幾乎已經沒人會對當兵一事認真以對。

「啊～好累喔。人家要休息啦！」

這裡是人類庇護廳的鍛鍊場。

在鍛鍊場的一隅，身穿慢跑服的莎琪在長凳上坐了下來。

「對手可是機械人偶耶？不僅揍下去手會破皮，要是沒能躲開對方的拳頭，還有可能會被打到骨折耶？這誰受得了呀！做這種訓練只是白費工夫啦！白費工夫！」

「…………」

「吶，凱伊，你有在聽嗎？」

「因為幻獸族就是這種種族，所以打不動也是沒辦法的事。」

凱伊面前有一尊高達三公尺，模擬巨龍外型的機械人偶。

萬一幻獸族逃出了墳墓。

這便是防範未然所進行的訓練，但像莎琪那樣主張「沒意義」的士兵占了絕大多數。

——不可能打得贏。

根據大戰紀錄，立於幻獸族頂點的龍的外皮，就算承受了戰車搭載的加農砲轟炸，也沒留下一點傷痕。

「這的確有可能是白費力氣。」

凱伊嘴上這麼說，卻還是鑽進了機械龍的腳底。

「凱伊，你幹什麼？」

莎琪尖叫道。

要是被踩在腳底，脊椎會整個粉碎掉。在全身骨折的危機逼近下，凱伊朝著粗如原木的腿部屈膝沉腰——接著全力衝撞了上去。

這是四界戰鬥式(絕技)，為採用於人類庇護廳訓練過程的對其他種族戰鬥術。

然而，凱伊的這一擊卻未能撼動機械龍分毫。

「……行不通嗎？」

「凱伊，你在做什麼啦？要是被踩到不就死定了嗎！而且我們不是被囑咐過，沒有教官在場的自主訓練，不可以用上幻獸型的機械嗎！」

「要是不抱著這種覺悟，訓練就沒有意義了。」

「……哎呀呀，凱伊，你還真是生錯時代了呢。」

莎琪將裝了水的寶特瓶遞到嘴邊，苦笑著說道。

她的神色有些傻眼——半是基於讚嘆，另一半則是近似在動物園看到珍禽異獸的心情。

「阿修蘭，你不這麼認為嗎？」

「…………別跟我……說話……傷口……會痛……」

在坐在長凳上的莎琪身後，身材高挑的青年正縮成一團動彈不得。

他和另一尊機械人偶練習對打，結果側腹部挨了一記踢腿，現在連站都站不起來了。

「算了，就別理阿修蘭了。就連教官也說過，凱伊要是能生在大戰的時代就好了。你說不定能取代**那個**希德名留青史呢。」

「我沒那種本事，只是不想鬆懈訓練而已。」

凱伊仰望機械龍，以理所當然的口吻這麼回應。

一百年前。

惡魔族、蠻神族、幻獸族和聖靈族，都各有一名統率全族的最強個體。

立於種族頂點的名詞雖有長老、首領或總帥等，但在這些詞彙當中，理解人類語言的四名最強者喜歡的，乃是最為剛猛強大的詞彙。

也就是所謂的**四英雄**——

惡魔族的英雄「冥帝凡妮沙」。

蠻神族的英雄「主天艾弗雷亞」。

幻獸族的英雄「牙皇拉蘇耶」。

聖靈族的英雄「靈元首六元鏡光」。

他們以強大無比的力量為傲，甚至握有率領四種族的大權，所以被稱為「英雄」。而人類則被這四英雄逼入了絕境。

但那人卻在這時現身了。

在五種族爆發大戰之際，與四英雄挺身相抗的人類英雄。

「先知希德呀……」

莎琪坐在板凳上，愣愣地抬頭仰望天花板。

「人類的英雄『先知希德』。他手握綻放著不屬於此世光輝的長劍，打敗了四種族的英雄，並將四種族封入墳墓之中——流傳下來的，就只有這樣的傳說而已吧？」

「一百年前確實存在著名為希德的男子，相片也有保存下來。」

身穿長袍的男子照片。

據傳為先知希德本人的這張照片，凱伊已經在資料裡看過無數次了。

「可是呀——凱伊，不是連史學家都對希德傳說的真實性存疑嗎？」

莎琪聳了聳肩。

人類的英雄「先知希德」並不存在——這是現代的定論。

首先，傳說所描述的「發光之劍」並沒有留存到現代，而希德打倒四英雄的戰鬥紀錄也沒有保存下來。

「因為沒有那個叫希德的人和四英雄交戰過的證據嘛。不僅沒有戰鬥時的照片和影片，就連被稱為希德之劍的那把劍也沒有流傳下來呀。」

「……是沒錯。」

能夠佐證的紀錄並不存在。

不可思議的是，這和凱伊摔落惡魔墳墓的狀況如出一轍。

就連一張和戰鬥過程有關的相片也沒留存下來。雖說是一百年前的事，但希德與四種族英雄交戰的身影竟沒留存下來，未免顯得太不自然。因此相信希德英勇事蹟的人少之又少。

「就是這麼回事啦。就算那個叫希德的人確實存在，也不表示他曾在大戰期間表現出宛如人類代表的豐功偉業。對吧，凱伊？」

「我也是這麼認為的。不過——」

他撥開被汗水黏在額頭上的瀏海。

「就算希望那是真有其事，應該也不會礙到別人吧？」

「也是啦。好啦，那我換個話題……喏，阿修蘭，快起來啦。」

「……咕啊！」

莎琪毫不留情地朝倒在地上的同事一腳踩下。

「我中午也有提過，關於貞德的升官慶祝會要怎麼辦？老實說真的沒時間了耶。」

「啊？要慶祝她升官，送一束花不就得了？」

總算起身的阿修蘭坐到板凳上。

「老套歸老套，但也沒什麼不好吧？」

「不行不行，她可是貞德耶。不僅是公費生，還年年受到表揚，每次都會收到花束呢，現在還送她花束豈不是很沒價值嗎？欸，凱伊，你也這麼認為對吧？」

「…………」

「奇怪？喂——我說凱伊呀？」

就在這時，原本背對莎琪的凱伊，位於胸口處的通訊器忽然發出了聲響。

「……貞德？」

約有巴掌大的通訊器上，顯示的是凱伊青梅竹馬的名字——她同時也是莎琪和阿修蘭等徵兵生的同事。

「嗯，貞德她怎麼啦？」

「奇怪～人家沒收到訊息耶，只有凱伊有收到嗎？」

兩名同事自板凳上起身伸長脖子，一副要站在他們面前的凱伊出示內容似的，而凱伊則是讓通訊器的畫面展開來。

『致凱伊。

你明天放假吧？早上十點在第九主車站的小貓像前集合！

不過要對莎琪和阿修蘭保密喲。』

「…………」

等等，雖然說要保密，但自己（凱伊）身旁可是有兩個好奇不已的人擠了過來，隨時打算窺探訊息內容啊。

「凱伊，貞德傳了什麼訊息給你？」

「我也沒收到訊息啊，真是難得，居然連我和莎琪都被屏除在外……喂，凱伊，你該不會和貞德有什麼不可告人的關係吧？」

「……等等。」

凱伊向前伸出單手手掌制止兩人。

「是我搞錯了，貞德根本沒傳訊息給我。」

「哦？那我聽到的鈴聲是怎麼回事啊？」

「凱伊同學，你居然不惜對咱們撒了不習慣的謊，難道是什麼特別的訊息嗎——？」

莎琪露出了賊笑，阿修蘭則是一副殺氣騰騰的表情。

他們拉近距離，像是在威脅凱伊把通訊器交出來似的。

「……我突然想到。」

凱伊用力握住通訊器，轉身背對兩名同事。

「我今天還沒做長跑訓練，我這就去跑個十公里。」

接著就這麼邁步狂奔。

「啊！臭小子，給我站住！」

「來人呀——！快來幫忙抓住凱伊！他打算瞞著我們，跟貞德做些不可告人的事！這可是重罪呀！」

「你們誤會了……真受不了，我明明只是想好好做個訓練而已啊！」

貞德，別拿人類庇護廳的通訊器用在私人連絡上啊。

凱伊在內心這麼吶喊，同時拚了命地擺脫兩名同事的追捕。

3

烏爾札聯邦——

是以王都烏爾札克為中心發展的泱泱大國。

這個國家位於世界大陸北方，曾被惡魔攻打得體無完膚，淪為惡魔的領土。而率領那支大軍的，即是惡魔的英雄「冥帝」凡妮沙。

但就在一百年前。

隨著五種族大戰以勝利告終，這片領土再次納入了人類的掌握。

「早上十點了。貞德應該會晚個一小時，也就是十一點時抵達吧。」

第九主車站。

從凱伊的宿舍搭地鐵，經歷十五分鐘的車程後即能抵達此處。此區域距離王都烏爾札克相當近，是現代化大廈林立的鬧區。

「凱伊，讓你久等了。」

活潑的話聲傳來。

凱伊回頭一看，只見提著一個手提包的銀髮少女就站在眼前。

「貞德難得這麼準時，我本來以為還得再等上一個小時。」

「唔？真沒禮貌耶～」

她鼓起了臉頰。

不過，少女隨即露出笑臉，噗嗤一笑。

「反正下週就得轉任王都（烏爾札克）了，這種時候還是得守時的。」

貞德・E・艾尼斯——

她有著比同齡少女更為高挑的身高，以及苗條纖細的身材。不僅留長的銀髮散發著凜然氣息，五官也十分標緻，是個看起來就會上雜誌封面，給人模特兒般印象的少女。

貞德住在凱伊家隔壁，今年十七歲。

她配合溫暖的天氣套了件長袖襯衫，下半身則是穿著緊身褲。雖然貞德喜歡做這種男性風格的打扮，但這反而突顯出她的女性魅力。

「好啦，該出發了。快走快走，凱伊下級兵，朝著那棟建築物匍匐前進！」

「要在街上這麼做？」

「開玩笑啦。還不都怪你……」

貞德伸手指向凱伊所穿的服飾。

那是人類庇護廳的戰鬥服。而他扛在肩上的手提箱裝的則是近身戰鬥槍。當然，箱子已經上鎖，無法在街上取出槍來。

「……這我當然知道，剛才那話是在挖苦你啦。真受不了。」

「因為我在今天的購物行程前，一直在做自主訓練啊。」

「凱伊，你今天放假吧，為什麼要穿這種肅殺的衣服呀？」

銀髮少女露出了傻眼的笑容。

「被我邀約共度休假時光還能這麼面不改色的，應該也只有凱伊了吧。」

「所以妳會和其他人在休假時外出嗎？」

「當然不會啦，就說那是在挖苦你了！」

貞德鼓起臉頰，以手肘頂了一下凱伊的側腹。

像是覺得很好玩似的。

她的話聲蘊含著極為開心的情感。

「……開玩笑的。凱伊這種個性也不壞啦。」

兩人在人潮之中並肩邁步。

林立的建築物全是開設了知名服飾店或點心舖的商業大樓。貞德露出了認真的眼神，一一打量起這些店鋪。

「該從哪間店開始逛呢？好久沒來了，這裡的店家還真多，令人眼花撩亂。」

「順便問一下，妳今天吹的是什麼風？」

「是來購物的呀——要挑送給莎琪和阿修蘭的禮物。」

貞德的嘴唇道出了兩名同事的名字。

「如果把凱伊也加進去，就是三個人了呢。這三位應該正為我要轉任王都一事思考著紀念餞別禮吧？」

「……這是該問我的問題嗎？」

籌備餞別禮是確有其事。

但凱伊三人是送禮給貞德的一方，由於打算瞞到當天再給她一個驚喜，被當事人這麼一問，他當然也不能乖乖回答「正在思考」了。

「沒關係沒關係，因為我也在想一樣的事呀。」

「一樣的事？」

「紀念禮物呀。我想在前往王都之前送給你們。」

貞德家代代人才輩出，有許多人在人類庇護廳位居高位，是不折不扣的菁英世家。

她的父親是人類庇護廳烏爾札總部的知名將校，祖父也是在總部擔任總督的頂尖軍人。繼承這血脈的貞德，也以遠超乎同事的步調向上竄昇。

——十七歲的美少女轉調王都。

這被稱為前所未聞的大升遷，還在幾週前上了新聞。甚至還有風聲認為，她總有一天會成為超越父親和祖父的偉大軍人。

「話說回來，在得知貞德要離開之後，周遭的男生都很哀怨呢。」

女武神。

同事和教官都是這麼公開稱呼貞德的。

從小自退休職業軍人學來的組織指揮術，代代繼承下來的指揮官天分，再加上她過人的美貌，使得貞德這名少女的魅力，甚至擄獲了烏爾札總部上司的目光。在得知這位美少女將轉調王都的消息後，不曉得男性同事有多麼傷心。

「阿修蘭也很沮喪喔。莎琪也一樣就是了。」

「……這也是最後一次和他們見面了呢。」

「用最後來形容也太誇張了吧？貞德，妳這次轉調的任期頂多只有兩年吧？」

只要再過兩年，就能和成為儲備幹部回來此地的貞德相見。凱伊一直認為沒必要為此傷心難過——直到他聽見貞德的回應為止。

「等我回來時，莎琪和阿修蘭他們早就已經退伍啦。」

「…………啊，是這樣啊。」

義務役的役期為兩年，在這兩年結束後，年輕人便會踏上各自的人生旅程。

「到時候我的朋友應該只會剩下凱伊而已吧？」

「看來是這樣啊。」

服完兵役的人會接連離開。

在這樣的風潮之中會自願延長兵役，甚至還表示要當人類庇護廳正規兵的凱伊，可以說是這個時代的奇葩了。

「我是基於個人喜好才來當兵的，但像我這樣的人應該沒幾個吧？」

「我也是呀。」

「這我知道。妳很想超過伯父的階級對吧？我都不曉得聽幾十遍了。」

「少了一位數啦，是幾百遍吧？」

陽光自枝葉間灑落，走在步道上的貞德像是覺得有趣似的抬起臉龐。

「畢竟我一直對凱伊說這件事，說到你的耳朵都長繭了嘛。」

「貞德要是能超越伯父的階級，伯父也會為女兒這麼有成就而感到開心的……不過，在兩年後還持續當兵的怪人，大概也就只有我們兩個了吧。」

「凱伊老是把『看守墳墓是我的義務』掛在嘴邊，還說惡魔大軍隨時都有可能逃出生天呢。不僅如此，你還說想再看一次希德的劍啊。」

「…………」

先知希德曾經存在於世。

凱伊深信與四種族英雄交手過的人類確實是存在的。
……因為我看到了。
……十年前，我親眼看到了希德的劍。

英雄之劍確實存在。

就在惡魔的墳墓之中——
摔落到漆黑金字塔內部之際，凱伊確實目擊到那個的存在。
那是一把如太陽般耀眼，將四周照得明亮的長劍。被大量惡魔包圍的凱伊拚了老命，像是在尋求救命稻草似的抓住了那把劍——
而他的記憶也就此中斷。
「不過……我也不是不能明白你的心情啦。」
為何希德之劍會被藏在封印惡魔的墳墓裡？
雖然這部分還是讓人一頭霧水，但他那時看到的「綻放光芒之劍」，確實與傳說中的希德之劍所描述的特徵一致。
但說起來，相信這件事的也就只有凱伊一個人而已。
「因為我覺得就算和貞德說，也只會被妳笑啊。」

「我又不會笑你。」

說著，貞德看似愉快地揚起嘴角。

「我可是很認真的。」

「我不會嘲笑別人的志向，只會調侃凱伊的態度啦。因為我每次這麼講，凱伊的臉就會變得氣鼓鼓的，所以才會覺得好玩嘛。」

「……哦，是這樣喔。」

「那已經是好幾年前的事了呢，凱伊忽然嚷著說『我看見希德的劍了』。那是我們才十歲左右的事吧？在那之前我們總是玩在一起呢。」

他們走在人群之中。

在來到十字路口的正中央時，走在身旁的少女驀地停下步伐。

「從小就和我玩在一起，直到現在也願意陪著我的，就只有凱伊而已喔。即使在我調職回來後，也只有你還會陪在我身邊呢。」

她回頭展露側臉。

輕晃的雙眸眨了一下，窺探起凱伊的臉孔。

「吶，凱伊。你覺得我們今後會怎麼發展呢？」

「妳說今後……貞德會去王都，然後待滿兩年後再回來吧？」

「不是啦，我是在問更之後的事。」

她深深地吸了一口氣。

身為青梅竹馬兼同事的她，向前又跨了一步。

「吶，凱伊，如果我說————」

就在這一瞬間。

——少女的身體驟然扭曲了起來。

「貞德？」

「咦？凱伊，怎麼啦？」

在宛如水面倒影被漣漪扭曲的景象之中，貞德卻以若無其事的口吻給予回應。

但不只是她而已。凱伊眼前的所有景象全都開始扭曲變形。高樓大廈、行道樹和周遭的路人全都逐漸扭曲、變形。

接著吹起了一陣強風。

混著黑色微粒的沙暴吹拂起來。

……不管是發生在自己身上的事，還是這場沙暴，都沒有人察覺到嗎？

……怎麼回事，這到底是怎麼搞的？

在凱伊抬頭之前，天空已被逐漸染成了黑色。

白雲被撕碎成細絲狀，以極快的速度朝著一點直衝而去；就連藍天也像是被抽走了似的，慢慢被替換成其他的景色。

——**黑點正在吞噬天空**。

不只是天空。扭曲的大樓自地面浮起，就連地表的道路也剝離，被天空吸了進去。連行道樹和路人也是如此。

那宛如巨大的重力點（黑洞）。周遭的一切都被吸進天上的大漩渦之中。

……大家都沒發現嗎？

……難道說，**看得到這個現象的只有我而已嗎**？

而在凱伊的面前，身為他青梅竹馬的少女也飄浮起來。

「貞德！」

「咦？凱伊，怎麼了啦？你從剛剛就一直在大庭廣眾下喊我的名字……那個……該怎麼說，我……我可以期待你有重要的話要說嗎？」

她掛著笑容向上飄去。青梅竹馬的少女沒能察覺自身處境，在凱伊的面前緩緩上升，被天空吸了過去。

「貞德，抓住我的手——」

在沙暴之中，他拚命地伸長手臂。

與此同時，凱伊的視野被一整片的黑暗填滿。

「世界輪迴」發動。

開始執行世界「覆寫」——

4

在宛如沙暴般的狂風止歇後……

凱伊以與失去意識前相同的姿態，站在第九主車站的十字路口上。

——但就只有他一個人而已。

理當在他面前的貞德不見蹤影。

原本走在十字路口上的數十名路人，以及進出高樓大廈的幾百名購物客的身影也都消失了。

「……這是怎麼搞的？喂，貞德？貞德，妳去哪裡了！要是打算躲起來嚇我，這玩笑就有點過火了喔！」

空無一人的第九主車站。

而眼前的光景又是怎麼回事？

腳下的道路遭受過某種重得誇張的物體踏碎，曾種植了行道樹的位置則是開了個巨大的隕石坑。高樓大廈的玻璃無情地碎裂，甚至還有遭受重創後坍倒的大樓。

宛如一片廢墟。第九主車站變得像是世界末日的體現。

「這是怎麼回事……貞德和大家都不見了……」

也不見任何人類的蹤跡。這太過異常了。

發生了超乎理解範疇的現象——這般預感讓凱伊瞥了肩上的手提箱一眼。

人類庇護廳的槍刀。

若沒有凱伊隸屬的烏爾札總部的鑰匙，就無法解開手提箱上的鎖，但至少目前還有自衛的手段。本能正敲響著有動武必要的警鈴。

無論是要尋找貞德還是探索這一帶，都不是現在該做的事。

「雖然距離算不上近，但還是加快腳步吧……」

他朝著人類庇護廳的烏爾札總部前進。

就在這時，凱伊的背後傳來了踢到小石頭的聲響。

「有聲音？有人在嗎？」

就算是野貓野狗也行，只要有生物存在，就能證明這是能夠生存的環境。而這也能間接證明人類的存在，讓他感到安心。

「喂，有誰在……」

那東西從大樓的陰影底下現身——而那並非貓狗。

看到對方的身影，凱伊感覺到自己的喉嚨抽搐了一下。

「咦？」

以雙腳站立的那東西，其身高應該遠超過了兩公尺。

黑色的表皮看起來極為厚重，宛如穿上了一層裝甲。

背後則是長有巨大的黑色翅膀及如蛇般蠢動的尾巴。三角形的頭部構造明顯與人類不同，應該是眼睛的部位為兩道白點，而且沒有眼球。

……**和十年前一樣**。

……和我摔落墳墓時所看到的那些傢伙一樣。

在當上士兵後，他一天也沒忘過那時的光景，並擔憂著墳墓的怪物是否會有闖破封印的那一天。

——漆黑的惡魔。

凱伊必須仰頭才能觀看全貌的魁梧怪物，就站在面前。

……應該不是……機械人偶吧。

……居然在這種鬧區裡現身？

人類庇護廳開發的四種族機械人偶，是僅允許在鍛鍊場啟動的假想敵，不可能會在這種地方昂首闊步。

『人——人……類……………』

惡魔咧開了裂至耳邊的大嘴。

也許是聲帶構造不同的關係，聽起來有些模糊，但那確實是人類的語言。

『——人類？在這種地方？』

「居然會說話？」

據說包含惡魔族在內的四種族英雄，皆能理解人語。

然而，有能耐道出人語的應當僅有鳳毛麟角——這便是凱伊學過的歷史。

『人類的……士兵……』

光芒驀地綻開——惡魔翅膀上的彎曲突起物發出了亮光，並化為火星，在虛空之中逐漸膨脹。

『消失吧。』

那是宛如機關槍一般的火焰掃射。

火焰掠過凱伊，打穿了後方大樓的牆壁，燒焦牆面留下煤漬。要是沒瞬間採取行動，火焰彈肯定會在他身上開出無數個孔洞吧。

「是法術嗎？」

在被擊中的前一刻，凱伊向後跳了開來。

法術——是在古代被稱為奇蹟或是魔術一類的超常力量總稱。

強力的法術威力能與人類的重型火器比肩，而據說高階的惡魔之中，甚至存在著能大把大把地揮灑這類法術的怪物。

這是他首次目睹的「真貨」。

不過，若要問自己能無傷躲過這次攻擊是否純屬偶然，那答案則是否定的。

——身體下意識地做出動作。

他一直認為**這一天**終究會到來。

他在對抗惡魔的訓練上投注了數不清的時間。烙印在身體之中的迴避動作在千鈞一髮之際自行啟動，救了自己一命。

「……雖然我還是搞不懂發生了什麼事。」

但也是有可以確定的事。

這隻惡魔並非機械人偶，而且對人類抱持著明確的敵意。

「————來得好。」

隨著「啪鏘」一聲，金屬鎖脫落了。

惡魔射出的火焰彈並沒有打穿凱伊，而是擊中了他扛在肩上的槍刀收納箱。隨著鎖頭碎裂，一柄上了黑漆的槍刀顯露出來。

「就跟你打一場吧。」

他舉著附有刀身的槍枝對準惡魔，將手指搭上扳機。

泛用型強攻式槍刀「亞龍爪」——這是以幻獸族之一的亞龍之爪作為外型參考設計的武

器。人類庇護廳依據大戰的紀錄，開發出這種專門用來**對抗其他種族**的武器。

『…………區區人類。』

火焰的輪廓在空中劃出曳光。

比起剛才多上數倍的「子彈」，在惡魔強大的法力下催生成型。

『礙眼的東西！』

「**略式精靈彈**。」

迸出白色的火花。

凱伊透過亞龍爪擊發的子彈呈半透明，宛如閃耀白光的水晶碎片。

這顆子彈——讓數十發火焰彈在一瞬間遭到消滅。

『唔？』

惡魔的眼睛膨脹了起來，像是在睜大雙眼似的。

『精靈的法術？』

「錯了，這是人類的智慧結晶啊。」

這是在大戰後研究出來的實驗兵器。

他們削下具有消散法術效果的礦石加工成子彈，並在與法術相撞的狀態下達成消散——

也就是消滅法術的效果。

「據說在大戰期間，蠻神族的精靈曾用過有這種效果的道具啊。」

不過，精靈所製造的法具，會灌注精靈的法力。

不具備法力的人類則是透過技術和科學彌補其不足。由於僅是模擬功能的替代品，因此才會被稱為「略式」精靈彈。

「我上了。」

他衝過斑駁的路面。

而凱伊的腳底隨之浮現出深紅色的圓環。這直徑約有五公尺之長的圓環包覆了凱伊，深紅色的火舌隨之從中竄起。

『燃燒吧。』

火柱沖天而起。出現在地面上的圓環噴出猛烈的火焰，將其中的所有物體付之一炬。

甚至沒有擊發略式精靈彈的機會。

在察覺到這件事的瞬間，凱伊便蹬地一衝，跳出了圓環的範圍之外。

『…………躲開了？』

「因為我一直在做對抗惡魔的訓練啊。」

凱伊闖進惡魔的懷裡，以亞龍爪朝著側腹重重一敲。

——爆破。

亞龍爪的刀尖像是綻開了一朵深紅色的花朵般迸出火花。衝擊令惡魔的巨大身軀為之一震，竄出的黑煙和火焰包覆了牠的身軀。

「告訴你一個情報，人類打造出來的不是只有精靈彈而已。」

魁梧惡魔緩緩倒下。

這種子彈肯定也是首次被運用在與四種族的實戰之中。

——略式亞龍彈。

這是模擬亞龍噴出的火焰吐息的炸彈，會在亞龍爪的刀刃砍中的同時爆破。設計概念是以零距離的爆炸撂倒四種族。

「…………呃……呼。」

惡魔沒有起身的跡象。

凱伊低頭看著被爆炸的衝擊震得發麻的手，呼出了一口氣。

……只各用了一顆子彈。我不過是扣下了擊發略式精靈彈和略式亞龍彈的扳機而已。

……緊張感就讓我全身發抖。

這是他首次與「真貨」交手，而剛才的法術也是首次見識到的。要是起跳的時機再慢上一步，他肯定會被火焰灼燒，沒辦法無傷取勝吧。

「但這樣的攻擊是有效的！」

至今那些嘔心瀝血的努力，都不是白費工夫。

「能行……就算對手是惡魔，我也能與之一戰。」

凱伊目前仍然無法明白這裡發生了什麼事。

方夜譚。

卻做出了證明。

就算對上強大的惡魔，人類也是能獲勝的。這代表只要持續修練，要超越對手也並非天

『你是什麼東西？』

極為突然地。

一道古怪的振翅聲，刮走了勝利的餘韻。

那是翅膀「啪唰」地拍打的聲響。以鳥類來說太過響亮的振翅聲，從頭頂上方傳來。

『人類……？我等種族……敗給了人類……？』

第二隻。雖然外表和第一隻沒差多少，但飄在空中的這個個體「相當小」。

牠僅有與凱伊差不多的身高，與前一隻相比，給人軟弱無力的印象。

……不過，這壓迫感是怎麼回事？

……雖然剛才的惡魔更為魁梧，但從用字遣詞來看，牠表現得有智慧許多。

『你是什麼人？』

「就如你所見，是個人類。」

比第一隻更為危險。

在直覺這麼告訴自己的同時，凱伊緩緩地回話。

「我才想問，你的人話倒是說得挺流利的嘛。」

『——』

纖瘦的惡魔默默地俯視著自己。

張開翅膀停在半空中的第二隻惡魔，緩緩動了動那張裂至耳邊的嘴巴。

『不管是惡魔（我們）族還是其他種族，會些人話總是方便許多。』

那是什麼意思？

惡魔像是在嘲笑打算繼續提問的凱伊般，接著開口說道：

『**要向奴隸下令，用奴隸的話語是最有效**的。』

「…………唔？」

人類淪為了奴隸。

這句話——

若能成為世界變化得如此劇烈的根本原因。

那這個世界如今的模樣，就可以用更為無情，但更為簡潔的方式表現出來了。

人類輸給了四種族？

『已接獲凡妮沙陛下的指示，奴隸的數量充足。』

「凡妮沙？」

那個有些耳熟的名字，讓凱伊皺起眉頭。

那豈不就是冥帝——率領惡魔族的「惡魔的英雄」之名嗎？

「……冥帝凡妮沙？你說的是那個大惡魔嗎？」

『人類，你有一股危險的氣味。消失吧。』

一道紫環自惡魔的指尖浮現。

詭譎的紫色圓環一鼓作氣拓展開來，電光般的爍光隨之迸生，在圓環上頭膨脹開來。

「———閉上眼睛！」

耳熟的說話聲傳來。在回想起聲音是來自何人之前，直刺雙眼的強烈閃光便覆蓋了凱伊的視線。

『咕？』

惡魔低吟了一聲。大概是直視在眼前爆開的閃光，灼傷了雙眼吧。

「……是閃光彈？」

那是人類庇護廳也正式採用的武器。

根據推測，除了擁有特殊「眼睛」的聖靈族之外，閃光彈對大多數的種族皆有效果。

不過，到底是誰扔的閃光彈？

「往這裡跑！再不快點就要被惡魔群給包圍了！」

人類？

凱伊背對刺眼的閃光邁步狂奔，朝著揮手的人影跑去。

「上車！那個炸彈雖然效果很強，但只能維持十秒多一點！」

手被人抓住了。在朦朧的視野之中，一名少女的身影逐漸浮現。

他就這麼被硬拖上一輛裝甲車。

「保住流浪者了，阿修蘭，開車！」

「好喔。」

車輪高速旋轉了起來。

隨著高亢的摩擦聲響起，車子以風馳電掣之勢與惡魔拉開了距離。

「惡魔（那些傢伙）雖然能飄浮在空中，但沒辦法高速飛行，開這臺車就絕對不會被追上……已經沒事了……啊——不過反而是咱們感覺少了好幾年壽命呢。」

在裝甲車後座，坐在凱伊身旁的少女重重地吐了口氣。

「還真是不要命耶。你是哪裡人？是被惡魔抓住的俘虜嗎？以逃脫的俘虜來說，你的服裝也和咱們太像了吧。」

「…………莎琪？」

「咦，你認識人家啊？」

少女愣愣地睜大雙眼。

她的年紀應該與自己相仿吧。少女有著捲翹的橘色短髮，以及貓咪般的一雙大眼，嘴角

可以窺見虎牙，臉頰上長有雀斑。

不會認錯人的，是跟自己同個部隊的同事。

「哪可能不認識啊。謝謝妳啦，莎琪。我真是一頭霧水……」

「所以說，你到底是誰呀？」

「……啊？」

兩人仔細地打量起彼此的容貌。

既然是到昨天為止都一同訓練的夥伴，那就算是他人喬裝，凱伊也絕不可能看錯。

「妳是莎琪吧？莎琪．米斯柯提……是這個名字沒錯吧？」

「嗯。」

「妳目前在服人類庇護廳的兵役——」

「那是什麼？」

她歪著頭，將視線投向駕駛座。

「欸，阿修蘭，你有聽見嗎？人類庇護廳？烏爾札聯邦有那種東西嗎？」

「不不，我完全沒聽過啊——」

青年靈巧地打著方向盤。

凱伊也不會認錯這張側臉，他就是同事阿修蘭本人。

「喂，阿修蘭？你是阿修蘭．海羅爾對吧？別連你都開這種惡質的玩笑了。是我啊，我是凱伊．沙克拉．班特啊！」

「我們在哪裡見過面嗎？」

「……」

啞口無言。人生活到現在，他還是頭一次感受到與這四個字如此相符的心情。

「你真的……不記得我是誰了嗎？」

「是說，人家哪可能有見過你呀。啊，不過你好像知道人家的名字喔？」

這是當然了。

因為不是在同一個部隊裡混了超過一年之久嗎？

「妳喜歡橘子口味的口香糖，討厭咖啡口味的口香糖，還以自己的柔軟度自豪，如果劈腿，甚至可以張開到一百九十度以上。」

「咦？等……等等，你怎麼會知道這種事？」

「阿修蘭則是天生容易暈交通工具，每次搭車都得吃暈車藥，但即使如此，關於開車的事……」

說到一半，凱伊這才驚覺。

阿修蘭正在開車？哪有可能？每次開往墳墓的路程都是交給自己或莎琪包辦，這名男子總是在副駕駛座上呼呼大睡啊。

「阿修蘭……你暈車的毛病是怎麼了？」

「啊？那種鳥毛病當然是想辦法克服了啊。」

裝甲車在荒廢的大樓之間疾速飛奔。

這身在荒廢的道路上狂飆的開車技術，說不定比凱伊更加精湛。

「這可是個殘酷的世界，要是連車都不會開，早就被惡魔抓去當奴隸了吧？說自己會暈車還能當藉口嗎…………奇怪？這位小哥，你怎麼知道我三半規管特別脆弱的事？」

「居然連人家喜歡的口香糖口味都知道，這點也很不可思議呢。」

莎琪連連點頭說道。

「你到底是什麼人呀？」

「…………你們真的不記得了？」

莎琪和阿修蘭都和自己記憶中的長相一樣，他們肯定是本人沒錯。

明明是這樣。

「等等……到底發生了什麼事啊？」

卻就只有自己（凱伊）被單方面地遺忘了。

1

「好，抵達啦。這是我們的城鎮。不過我更喜歡祕密基地這個說法啦。」

車子在化為廢墟的街區中持續奔馳。

在駛到無人的街道一隅後，阿修蘭才終於把車子停了下來。

……車子開到這裡好像花了三十分鐘左右？

……以從第九主車站離開時的方向，加上這棟大樓來看……

眼前矗立著十層樓高的雙塔型大樓。雖說窗戶玻璃已被悉數打碎，但他對這棟大樓的形狀有印象。

「第十主車站大樓？那這裡是第十主車站嗎？」

烏爾札聯邦的第十主車站。

這裡原本是設置了步道的綠意盎然之地。

但眼前的光景顛覆了原有的印象。雖說保有輪廓的大樓還能讓人辨識位置，但周遭的其餘大樓早就垮成了瓦礫堆，而柏油路面也崩裂得厲害，露出地表的岩層。

「哦？你看過這棟大樓？」

「愈來愈耐人尋味了呢。你原本住在這附近嗎？」

莎琪和阿修蘭下了車。

「……是啊。」

凱伊的老家位在第八主車站的郊區，但這兩人沒有不知道此事的道理。

「好啦，你先冷靜一點。你剛剛才被惡魔襲擊吧？我看你應該是陷入了輕微的混亂狀態啦。只要稍作休息，應該就能恢復過來吧。」

「對對。況且你對咱們又這麼了解。不過，你的這身打扮和槍枝……是人家沒看過的設計耶。」

兩人打量起凱伊的服裝和槍刀。

這些其實都是人類庇護廳的配發品，但莎琪和阿修蘭的服裝卻與凱伊不同。

……不對，設計上的核心概念應該是一樣的？

……就只有細節有所不同。但別在左胸上的徽章和我不一樣。

凱伊別的是人類庇護廳的徽章。

但兩人別在胸口的徽章顯然是來自他處。

「嗯？因為我們都是烏爾札人類反旗軍（反抗組織）僱用的傭兵啊。是說，你連這檔事都不曉得啊？」

「人類反旗軍？」

「啊……這已經不是混亂狀態可以形容的了，說不定是短期失憶症一類的症狀呢。再怎麼說，也不可能沒聽過人類反旗軍吧。」

阿修蘭拉高了音量回話，在他身旁的莎琪則是重重地垮下肩膀。

「總之先進去吧。要是在外頭亂晃，可是會被惡魔的巡邏兵發現的。咱們是要往地下鑽的，目的地就在這棟車站大樓底下喔。」

阿修蘭在前方領路，莎琪則走在凱伊的身旁。

大樓的正門大概是被爆炸給炸飛了吧。一行人穿過塌毀的入口處，沿著階梯朝著地下走去。

「通往地下層的電梯呢？」

「看這幅光景就知道了吧。你以為這裡還有電能用嗎？」

阿修蘭揚起下頷，比了一下顯得昏暗的通道。的確，要不是陽光從碎裂的窗口灑下，這邊應該是伸手不見五指吧。

「是說，我想拜託你們一件事……」

凱伊先是深吸了一口氣，這才向兩人開口：

「你們可以把我當成失憶症患者沒關係。我想知道這個世界目前的狀況——還有都市為何會破敗成這樣，以及惡魔會大搖大擺地亂晃的原因。」

惡魔是這麼說的。

——要向奴隸下令，用奴隸的話語是最有效的。

這和凱伊所知的世界常識可說是天差地別。雖然已經隱約有所察覺，但他仍希望能盡可能地掌握住正確的情況。

「就如你所見。」

阿修蘭走在通往地下的昏暗階梯上頭——

並伸手指向被毀得不忍卒睹的大樓牆壁說道：

「這個世界四處充斥著對人類堪稱天敵的各種種族，其中最棘手的有四種，分別是惡魔族、幻獸族、蠻神族和聖靈族，而人類**在與牠們的戰爭中落敗了**。那已經是三十年前的往事了呢。」

「……你說人類輸了？怎麼會……」

人類在大戰中獲得了勝利——這豈不是和他所知的結果背道而馳嗎？

他希望這只是一場惡夢。在與貞德購物時所發生的那起現象，到底對前後的現實產生了什麼影響？

「…………繼續說吧。那人類之後的處境呢？他們沒事嗎？」

「在千鈞一髮之際四處逃竄躲起來了。」

走在身旁的莎琪接下去說明。

「四種族支配了世界大陸，如今也為爭奪領土爭戰不休。烏爾札聯邦因為被惡魔所奪，人類也只能拋下都市逃跑了。**就像這樣**。」

下到階梯的最後一階後，莎琪努了努下頜。

地下三樓一片死寂——突如其來地，一道探照光「啪」地映入了凱伊的視野。

「好刺眼！」

自天花板灑落的強烈光芒，甚至讓人看不清地上的狀況。

……原來如此，因為地表受到了惡魔的支配。

……所以人類逃進了地底下嗎！

這是利用巨大的地下街建構而成的人類都市。

不僅有商店和住宅，甚至連旅館都有。凱伊看著一組家庭從眼前走過，也看到了在遠處帶著槍枝巡邏的士兵。

雖然是一片略顯紊亂的空間。

但人類的都市確實是改變了形貌存在於此。

「歡迎來到人類特區——『新維夏』。雖然是拿沒在使用的地鐵空間整個改造成地下都市，但看起來還是挺氣派的吧？」

維夏原本是第十主車站附近的地名。

既然地表的部分被惡魔奪去，那就打造一個新的維夏吧——這大概就是命名的由來。

「那幫惡魔把從人類手中奪來的大樓當成了老巢。既然如此，我們就躲到地底下來啦。怎麼樣？」

「……好厲害，居然能發展得如此繁榮。」

因為害怕惡魔而躲藏起來生活——聽過這席話的凱伊，原本想像的是更為陰暗慘淡的光景。

然而這裡感受得到人類生活的活力，既熱鬧又堅強。

「糧食問題呢？」

「當然是在這裡種啦。由於電車跑不動了，把軌道留下也沒用，所以我們撤去了地鐵軌道，在拆除兩條車軌和枕木之後，渾然天成的優秀農地就完成啦。順帶一提，我們是靠著地上的陽光發電的。」

「沒被惡魔摧毀嗎？」

「沒有惡魔會特地去巡廢棄大樓的屋頂啦。就算真的有，牠們也無法理解太陽能發電的原理，而且在牠們眼裡，發電裝置長得就和瓦礫一模一樣。我們仰賴這些電力，驅動沒被破壞的生產中心，藉以生產藥物或衣服等必需品。」

維持著供電的生活，自給自足地生產糧食。

即使受到四種族的支配，人類還是想盡辦法生存了下來。

「莎琪和阿修蘭也住在這裡嗎？」

「差不多住了一年左右吧？咱們都是傭兵，是被這座人類特區聘為護衛的。我們是對抗四種族的戰力——這就是人類反旗軍的意涵。」

莎琪碰了一下自己的腰間。

那是把大型全自動手槍。對莎琪這樣嬌小的少女來說使用起來太過困難的大口徑手槍，就這麼掛在她的腰上。

「咱們烏爾札人類反旗軍的目標，就是從惡魔手中奪回烏爾札聯邦的領土。當然世界各地的人類反旗軍也是如此喲，只是不管哪處都是苦戰連連就是了。」

「——我說。」

凱伊下定決心，將身子轉向兩人。

聽到人類在五種族大戰中落敗後，他的內心就浮現出一個疑問。

「這……聽在你們耳裡說不定很不是滋味，但我有個怎麼樣也參不透，不得不問出口的問題。」

莎琪和阿修蘭沉默地催促他說下去。

他對兩人開口問道：

「人類為什麼會打輸大戰？」

「…………呃？」

「…………你問我為什麼……」

兩人僵住了身子。

他們連袂露出了呆滯的表情，像是靈魂被抽走了一般。

「因為……人類本來就不可能打贏啊。」

莎琪吞吞吐吐地開了口。

「小刀和機關槍都對幻獸族的巨龍起不了作用，對上聖靈族時子彈甚至會直接穿過去，惡魔族光是一發法術就能蒸發一棟大廈，蠻神族的精靈製作的法器也比人類的重火器還有威力……但最最主要的原因還是出在四種族的領導者身上，他們強得太過頭了……」

「什麼啊，凱伊不是也知道嗎？」

「妳是指四英雄？像是冥帝凡妮沙或是牙皇拉蘇耶之類的？」

說著，她直直地朝著凱伊看了過來。

「凱伊明明連四英雄都知道，那怎麼認為人類有可能打贏？」

「……不，我是沒什麼依據啦，但就是怎麼想也想不透。」

他嚴肅地回答莎琪：

「不管是惡魔族還是其他三種族，不都被希德打倒了嗎？而且四種族應該都被關入墳墓之中了，所以我才問的。」

「**希德**？」

「**那是誰啊**？」

「……等等，你們倆再怎麼說也該聽說過先知希德吧……」

那可是傳說中擊敗四種族的人類英雄。

凱伊在幾天前甚至才跟兩人聊過希德的話題。

「如果單是希德這個名字也就罷了……吶，阿修蘭，你聽過嗎？」

「問我有沒有聽過先知，還真是個強人所難的問題。打倒了惡魔？要是有這種傢伙在，我們還需要躲在這種地底過活嗎？」

莎琪和阿修蘭面面相覷。

兩人的動作，表示出他們對名為希德的存在真的一無所知。

……並不是沒聽過這個名字。

……而是先知希德變得原本就不存在嗎？

凱伊極為緩慢地——

察覺到自己的記憶和如今知曉的世界之間的背離感。

「依照我的記憶，人類的英雄應該是確實存在的。正因為有先知希德打倒四種族的英雄，人類才得以在大戰中獲勝。奇怪……」

既然如此。

如果這是個歷史上不存在先知希德的世界？

沒有向四英雄發起挑戰之人，因此人類戰敗了——這個世界的歷史說不定便是沿著這樣的脈絡（劇情）寫下的？

……肯定是那個時候出了差錯。

……和貞德購物時所看見的那個現象，讓某些東西變了調。

天空冒出的黑點將一切吸了進去。

無論是雲朵、地面、大樓、人類都一樣，就連貞德也不例外，只有自己被留了下來。而在回神之後，他就發現這個世界的歷史已經大不相同。

這時。

「奇怪？欸欸，阿修蘭。」

「哦，總隊大駕光臨了啊。比原訂的時間還早上一小時呢。」

人類特區「新維夏」深處傳來了歡呼聲的回音。

那個方向聚集了大批人潮。

原來是在路上行走的民眾全都停下步伐，朝著深處發出歡呼聲。

「我和莎琪隸屬於這裡的駐紮分隊，那邊則是烏爾札人類反旗軍的總隊。他們每個月會像這樣巡察人類特區一次。總隊的任務……一言以蔽之，就是『思考該怎麼讓人類奪回烏爾札聯邦』吧。」

奪回地表領土的希望。

不過，光是人類反旗軍總部的部隊來訪，就能博得這麼驚人的喝采聲嗎？

「看起來還挺受歡迎的啊？」

「畢竟人類反旗軍的領導人也在啊。對居民來說，那位可是讓人類免除惡魔威脅的守護神啊。還有，就如你所聽到的嬌呼聲一樣。」

那些興奮的尖叫聲，應該出自街上的女性吧。

聽到這陣嬌呼聲的阿修蘭，看似無奈地聳了聳肩。

「受歡迎的不是總隊而是指揮官——我們的頂頭上司啊。誰教那一位不僅年輕有為，就連外貌也極受歡迎。」

「——靈光騎士。」

莎琪輕聲說道。

「那位被視為擺脫惡魔的支配，解放烏爾札聯邦的希望象徵呢。不只是烏爾札人類反旗軍，就連其他的人類反旗軍也對那人格外重視。」

人潮逐漸接近。其中有幾名傭兵——他們穿著和莎琪與阿修蘭相同的服裝，左胸上別著象徵烏爾札人類反旗軍的徽章。

「那個領導人指的是誰？」

「喏，就是位於那群人潮核心的男性。只有一個人穿著類似騎士的盔甲，所以很好認吧？啊，他好像要往這邊來了。」

在做了一次呼吸後，莎琪帶著幾分憧憬的恍惚口吻說道：

「**貞德大人**真的好帥氣呢。明明是個男人，卻有著比尋常少女更為俊美的臉孔，也難怪會這麼受歡迎呀。名字雖然女性化，但這反而更有魅力呢。」

「…………莎琪，妳剛剛說了什麼？」

是自己聽錯了嗎？

身旁的少女剛剛所提及的名字是——

「貞德大人！」

「讓您久候了。本地區並無異常，今後我等亦會盡力維護警備！」

莎琪和阿修蘭端正姿勢敬禮。

朝著被眾多民眾包圍，身穿騎士盔甲的領導人。

「有勞了。感謝貴官等人的奮鬥。」

領導人露出了俏麗的微笑回應。

那是一名身穿看似沉重的盔甲，有著俊美側臉的青年。

他看起來和凱伊的年紀差不多，有著凜然而端正的五官。那柔和的表情和臉部的輪廓也帶著幾分少女般的嬌柔。

而看在凱伊眼裡——

……這是在肌膚上妝，偽裝出日曬過的模樣，而且臉部也刻意打理得較為陽剛。

……之所以身穿盔甲，難道不是為了遮掩纖細的身形嗎？

說話聲也像是勉強壓低嗓子發出的聲音，而最重要的部分則是銀髮——為了掩飾那頭太長的頭髮，那人將頭髮盤在腦後。

而那是貞德在小時候曾在凱伊面前展露過的綁髮手法。

因為老是像個男人婆般跑跑跳跳，所以不綁起來就很礙事。

「貞德？」

「————」

銀髮騎士回頭看來。烏爾札人類反旗軍的領導人看著夾在莎琪和阿修蘭之間的自己，歪著頭。

「哎呀，這是哪位？總覺得有些陌生啊。」

「這是我等在地面上尋獲之人。他名叫凱伊，但並未登錄在這鎮上的居民冊之中。」

「他的頭部稍微受到了撞擊，所以記憶有點混亂啦。他不是什麼壞傢伙，還請貞德大人別放在心上。」

莎琪和阿修蘭快嘴說道。

貞德像是接納兩人的說法似的點了點頭。

「這樣啊。那就告——」

「別走！貞德，是我啊！」

凱伊推開左右兩人，對著青梅竹馬吶喊。

他誠摯地希望這只是一場玩笑而已。

包括世界受到惡魔支配，人類只剩下地下都市能居住，莎琪和阿修蘭記不得自己都一樣。而她不是剛剛才和自己一同行動過嗎？

「妳剛才不是才和我一同去購物嗎！因為妳要轉調到王都了，所以才想買禮物送給莎琪和阿修蘭不是嗎？妳真的什麼都記不得了嗎！」

周遭的人群紛紛吵嚷了起來，顯得有些浮躁。

那並非同情的目光，而是對於這名向被視為解放人類之星的騎士怒吼的陌生人感到奇異的視線。

「抱歉。」

名為貞德的騎士搖了搖頭。

這明顯是硬擠的男性聲線——那低沉的嗓音聽在凱伊耳裡就是這麼回事。

「我們見過面嗎？我想你應該是認錯人了。」

「……妳真的記不得了嗎？」

「抱歉，我和部下都得立刻去開會了。莎琪、阿修蘭，還請貴官等人代我聆聽他的問題。」

被部下包圍的騎士貞德轉過身去。

……真的嗎？

……就連貞德也記不得我了？

真希望這只是在開玩笑。我們不久前不是還待在一起的嗎？

「貞德！」

凱伊咬緊下唇，蹬地衝出。

他推開幾名部下，擠到背向自己的騎士身旁。

「妳……**像這樣扮成男人，擺出一副領導人的架子**，真的就是妳的夢想嗎？應該不是吧？妳不是說過想以女兒的身分超越伯父嗎？難道連這都記不得了嗎！」

「————唔？」

他壓低了嗓子，只讓貞德聽見這段話語。

而人類反旗軍的指揮官肩膀為之一顫……至少在凱伊看來是這樣的反應。

但那也僅是發生在短短一瞬的事。

「你這傢伙！打算對貞德大人做什麼？」

「滾開！貞德大人，您沒事吧！」

凱伊的肩膀被總部的部下抓住，強行從貞德身旁拖了開來。

「等……等等啦凱伊！你幹什麼呀！」

「你幹麼突然跑去對貞德大人大小聲啊……對不起，貞德大人，這小子真的不是什麼壞人啦！」

在莎琪和阿修蘭兩人的包夾下。

凱伊愣愣地望著人類反旗軍領導人離去的背影。

2

新維夏迎來了「夜晚」。

地下都市會依循照亮地表的太陽方位，切換天花板的照明開關。

此時是午夜零時，配合地表的夜晚時間，都市也幾乎關閉了大部分的照明，僅留下少數幾盞路燈。

「…………」

旅館的一間房裡。

在以蠟燭照明的昏暗房內，凱伊貼著桌子，不斷翻著書頁。這些書籍包括了地圖、歷史書和烏爾札人類反旗軍的公開文獻。這些都是他拜託莎琪和阿修蘭借來的。

「……這是怎麼回事？」

在看了許久之後。

他疲憊地嘆了口難以歸為嘆息或是苦笑的吐息。

「如果這就是這個世界的『常識』……那這段歷史就和我所知的完全不同了。」

依照凱伊所知的歷史，人類是百年前五種族大戰的勝利者。

但這個世界卻不一樣。

「人類在大戰中落敗了。而且還是距今三十年前才敗北的……」

除了歷史之外，其他的部分都和凱伊的記憶相符。

世界的大陸和山脈等地形依舊相同。

在人類這方面也一樣。他查閱過鎮上的居民冊，找到了住在凱伊家附近的街坊人名。就連人類特區所使用的貨幣一樣——他能直接使用原本擁有的世界貨幣消費。

……阿修蘭克服了自己暈車的毛病。

……雖然也有這樣的變化，但在個人特徵方面則是和我所知的相符。

除此之外。

另一個依然成謎的問題是，為何只有自己被眾人徹底遺忘了？

不存在的有自己和先知希德這兩人。

只有凱伊自己**跟先知希德的紀錄完全不存在**。

就好似從歷史之中遭到了抹滅一般。

「……這是為什麼？」

關於先知希德不存在的部分，多少還能想像出能讓人信服的理由。

因為沒有他的存在，人類才會在大戰之中戰敗。從這方面去思考，世界的現狀和英雄（希德）不存在，可以說是有一定程度的因果關連。

「那我不存在又是怎麼回事……？」

人類庇護廳的同伴還在。

但為什麼只有自己被整個世界遺忘了？

凱伊的雙親和親戚呢？他沒在居民冊上找到這些人的名字，但也可能已經逃竄到鄰近的人類特區定居了。

現在能確實斷定「不存在」的，就只有凱伊和先知希德而已。

「就沒有……什麼線索嗎？沒了先知希德之後，人類遭到其他的四種族支配。除此之外還有什麼變化？」

他地毯式地查閱起地圖和歷史書的每一個角落。

「烏爾札聯邦敗給了惡魔的英雄（凡妮沙）。也對，既然沒有希德，會吃敗仗也是合情合理的。就沒有其他的線索了嗎？就沒有和我的記憶有出入的部分嗎……可惡，就連墳墓也還是呈黑色金字塔的外型。那就看看歷任總督一類——……」

不對勁。

凱伊戰戰兢兢地將看過的書頁翻了回去。

烏爾札聯邦的地圖上記載著黑色的金字塔，還佐以照片加以說明。

惡魔的墳墓。

……不對，我是不是搞錯了一件很重要的事？

……總覺得我在看這座墳墓時，似乎漏掉了什麼？

「唔？對了，我為什麼沒有發現啊！」

凱伊以撞倒椅子之勢，一鼓作氣地起身。

「這座墳墓……**這個世界裡有這玩意兒這件事未免太奇怪了吧！**」

那是在大戰中獲勝的人類為了封印四種族而打造的墳墓。

然而，在這個世界裡，落敗的是人類。

「希德明明就不存在……人類也沒在大戰中得勝，為什麼還會有這東西存在啊？」

若是人類敗北，就不該存在用以封印四種族的墳墓。

這豈不是與這個世界的歷史產生矛盾了嗎？

「————」

在微光之中，凱伊咬緊了下唇。

3

隔天一大早。

兩人凝視著凱伊攤開的地圖好一陣子後，這才同時開口：

「……墳墓？不不，人家沒聽過耶。」

「我也是第一次看到。這看了就發毛的三角形建築物是怎麼回事……那應該是惡魔造出來的東西吧？我猜拍這張照片的傢伙，大概是基於『順便也拍拍惡魔的建築物吧』的心態拍下來的吧。」

「……我知道了，謝謝你們。」

莎琪和阿修蘭都不曉得墳墓的存在。

這與他預料的一樣。畢竟人類在五種族大戰中落敗了，這座墳墓的出現並不合邏輯。有加以調查的價值。

「阿修蘭，有沒在用的車嗎？」

「嗯？是要我載你一程嗎？但是人類反旗軍的總隊昨天剛到，我和莎琪都得出席作戰會議，抽不了身啊。」

「這我明白。」

對此有所準備的凱伊，對著阿修蘭伸出了手。

「我一個人去就可以了，所以借我車鑰匙吧。我會以極速飆過去，大概正午時分就會回來了，讓我借一輛人類反旗軍的車子吧。」

＝

墳墓所在的荒野。

在之前的世界裡，有整整一年半的時光，凱伊都是和莎琪與阿修蘭共乘偵察戰鬥車來到此地的。

「這還是我第一次一個人來啊。」

他在裝甲車裡抬起臉龐。

被混著沙礫的強風吹拂的黑色金字塔，就矗立在稍遠處。

「烏爾札聯邦的王都被惡魔占領，所以各處都有哨兵，不過……」

凱伊在第九主車站遇到的兩隻惡魔，其實是巡邏兵。

而在抵達這片荒野的過程中，他也多次瞧見疑似惡魔的身影。每每遇到這種狀況，他就得迂迴改道，好不容易才抵達這裡。

「……走吧。」

前往有兩百公尺高的超巨大建築物。

凱伊抓起放在副駕駛座上的亞龍爪，跳下了駕駛座。

「入口沒有異狀。但這也是理所當然吧。」

能通往墳墓內部的就只有一扇大門，而這扇門只能以人類庇護廳的鑰匙開啟。

……我在十年前也曾走特殊管道進去過。

……因為貞德的爸爸是烏爾札總部的長官，所以得以跟來參觀。

結果他跌入了墳墓深處。

「唔，現在不是想這些事的時候。」

他緩緩地在墳墓外圍邁步。

高照的豔陽灑下的陽光很是尖銳，甚至扎得他皮膚生疼。

在感受到額上滲出薄汗的同時，凱伊繞到了墳墓的後方。然後，凱伊看見了難以置信的光景。

「封鎖石……被拆掉了……？」

一顆圓形巨石自墳墓的外牆上脫落，落到了地面上頭。

這是用來防堵惡魔逃跑的特殊裝置。也許其機能依然有在運作吧，石頭表面可以看到一層圖紋正發出淡淡綠光。

「被墳墓關住的惡魔搬開這石頭逃出來的可能性……是零吧。若是如此，莎琪和阿修蘭肯定都會說『惡魔是從墳墓逃出來的』吧。」

用來封印惡魔的封鎖石沒有封印惡魔的機會，就這麼被棄置在這裡好幾百年了——這種想法應該比較切中事實吧。

「還是第一次從這裡進去啊……」

前往墳墓的內部。

而且並不是從前方的入口進入，而是從後方的封鎖石脫落後產生的大洞入內。

這直接通往封印惡魔的空間。

凱伊在十年前跌落的位置，應該就位在更裡面一點的地方吧。

……不過，我在摔入內部（這裡）後，很快就昏了過去。

……等醒過來時，我人已經倒在墳墓外了。

他隱約記得被無數蠢動的惡魔包圍起來的光景。

當時，他看到了先知希德的傳說中所出現過的「發光之劍」，以像是抓住救命繩般的心態抱住了那把劍——而凱伊在這之後就沒了記憶。

墳墓內部照不到陽光。

在踏進去的瞬間，一道冰冷的空氣登時掠過了他的脖頸。而再往前走後——

「怎麼回事？」

有光芒——從通道的拐角滲出了一道微弱的光線。

……那道光……這感覺是怎麼回事？

……**好懷念的感覺**？

凱伊無意識地衝向綻放光源之處。

前往光源的下方——

在拐過通道後，前方是一座廣場，而在廣場的中心處——

倒插著一把綻放著光芒的長劍。

根據先知希德的傳說——他握著一把耀眼的長劍擊敗四種族的英雄。

不過，這世上已經沒留下能證明這段逸聞的證據了。為此，對於普羅大眾來說，他的活躍被視為人們期盼英雄降生所產生的幻想。

而這把英雄之劍，**再次**出現在自己的面前。

「……希德的劍……？」

那是一把像是以能照遍大地的陽光作為原料，加以鍛造出來的長劍。

照亮夜晚的拂曉色調——

希德之劍持續地綻放陽光般的金色光芒。

若要比喻，那神聖的感覺就像是神明散發出來的威光一般。而讓人驚訝的是，長劍本身竟然是水晶般的透明光澤。就連劍柄和劍鍔都是透明的，可以隱約看到另一端的光景。

「……這是……真貨吧？」

和十年前的記憶相同。

英雄之劍確實存在。

「沒錯，希德的傳說果然確有其事嘛！」

他像十年前那樣衝向長劍，握住劍柄。

然後——

有個莊嚴的老人嗓音在墳墓之中迴盪起來。

『被可恨的命運捲入其中之人啊，切莫放開這把劍。』

『切莫放開世界座標之鑰（Code Holder）』

「……世界座標之鑰？」

陽光色的長劍在凱伊面前輕輕地飄浮起來。

自劍尖綻放的閃光切開了昏暗的虛空，描繪出光之軌跡。

這道光芒繪出了一道門扉。

而門扉隨之敞開。

「…………來……人……求求你…………救救我…………」

那是和剛才不一樣的聲音。

聽起來是個嬌弱少女所發出的嗓音。在凱伊想到這裡時，光之門完全敞開，將他吸入了閃耀的光之漩渦。

「咕？喂……剛才的聲音是誰發出來的？」

在被光之激流吞噬的同時。

凱伊對著確實傳入耳裡的少女嗓聲拚命喊道。

——有人在這裡。

——她以泫然欲泣的聲音求助。

他就只明白這兩件事。

接著，凱伊在英雄之劍的引導下，造訪了「少女」等待之處。

4

回過神來——

凱伊才發現自己站在無垠無盡的雲海之中。

「……不是……墳墓？」

他多次左顧右盼，確認原本昏暗的墳墓光景為之一變，成了雲海填滿了所有方位，延綿至蒼穹盡頭的世界。

若是要比喻，就像是在地表上灑滿了棉花一般——

而這些雲朵並非純白色，而是閃爍著微微的七彩炫光。

「這裡是哪裡啊……而且這個迴廊是怎麼回事？」

只見眼前有一座以石子打造的長長走道。

走道兩側有精雕細琢，宛如古代雕像般的石柱，這些石柱彼此間隔著約十餘公尺的距離，看起來宛如遠古時期的神殿。

究竟是誰打造了這麼一座迴廊？

「是人類嗎？不然就是……蠻神族吧？根據記載，精靈和矮人也曾經打造過比人類建築還要巨大的要塞啊。」

但這裡可是惡魔的墳墓。

蠻神族的墳墓不僅建於他處，而這也和凱伊見過的蠻神族遺跡感覺有些不同。

「……是惡魔的特殊空間嗎？」

他提著亞龍爪，順著通道向前走去。

他沒理會岔路，為了確認這座空間的盡頭，凱伊放空了腦袋向前直行。

也不曉得過了多久的時間——恐怕是過了一兩個小時吧。就在走到連時間感都漸漸麻痺之後——

「那是？」

宛如描繪了法陣般的光景躍入了眼簾。

那是一座向上隆起，宛如祭壇般的廣場。

在走上不滿十階的階梯後，就能看到三根看似更為莊嚴的圓柱，這些圓柱呈大理石般的色調，高聳地直指天際。

而在其中心處——

「……是個女孩？」

有一名少女被綁在圓柱上頭。

像是作為某種儀式的活祭品一般。

金髮少女的雙手被鎖鍊綁縛，就連雙眼也被細細的鎖鍊遮蔽。

「…………是誰……在那裡……」

也許是察覺到凱伊的腳步聲吧。

被綁在柱子上頭的少女抬起臉龐——她的身體被鎖鍊囚禁而動彈不得。

「求求你。」

她以嘶啞的聲音說道：

「……救救我，幫我解開這鎖鍊……」

World.3 Chapter: 鈴娜

Phy Sew lu, ele tis Es feo r-delis uc l.

1

被束縛在柱子上的金髮少女。

「求求你…………救救我……」

發出近乎哀鳴的嘶啞嗓聲。

對於這聲哀求，凱伊無法給予任何回應——因為他說不出話了。

……這個女孩子……

……**不是人類。她到底是什麼種族的人**？

少女的背上生有一對翅膀。

翅膀根部是黑鴉般的烏黑色，但隨著翅膀向前延伸，其雙翼也逐漸染上了新雪般的純白色。

黑與白的漸層。

惡魔族？還是幻獸族裡的天使種？

「天使與惡魔……」

天魔？這樣的種族明明並不存在，但少女的翅膀卻讓人聯想到天使與惡魔的混血。

「———」

鏘鎯。

束縛住少女的鎖鍊聲，讓凱伊回過神來。

「……你是……誰……？」

也許是認為對方沒有回應，是因為沒聽到說話聲的關係吧。少女再次拚命動起了唇，道出幾乎要消融於虛空的嗓音。

「妳問我是誰……」

凱伊以乾渴的喉嚨拚命地擠出了話語。

我才想問妳是什麼人啊。妳到底是誰？為什麼會在這樣的空間裡，被用這麼殘酷的方式囚禁起來？

「——鈴娜。」

「鈴娜，那是妳的名字嗎？」

「………」

少女用力點了點頭。

「求求你……救……救…………」

「喂……喂？」

在把話說完之前，少女就已昏厥過去，垂下了脖頸。

……她叫我救她，是指把那條鎖鍊解開的意思嗎？

……哪有人會拜託人類這種事啊。

不僅有可能在接近時反遭襲擊，這整個狀況也可能是一個圈套。

然而，凱伊猶豫的時間卻只有短短數秒而已。

「——我知道啦。」

在第九主車站與惡魔對峙時，他感受到讓人寒毛直豎的強大壓力。

但少女身上卻沒散發出這類邪惡的氣息，更重要的是，這是他在這古怪的空間裡好不容易才找到的線索，少女說不定能解釋這個空間的來歷。

「要是救了妳卻被妳反咬一口，那我們就沒得談啦。」

他仰望著自稱鈴娜的少女，舉起了亞龍爪，瞄準了將少女束縛在柱子上頭的鎖鍊，以全力揮了下去。

——鏗鏘！

凱伊聽著響徹四下的清脆聲響，睜大了雙眼。

「也太硬了吧！……這條鎖鍊到底有多硬啊？」

鎖鍊將他的劍反彈回來。明明粗度只和凱伊的小指差不多，但在挨了亞龍爪的斬擊後，鎖鍊不僅沒有碎裂，甚至連一個缺口都沒被砍開。

「既然如此——」

他將手指搭上槍刀的扳機。

在揮落亞龍爪的同時，深紅色的火花以鎖鍊為起點膨脹開來。

略式亞龍彈炸裂開來。

為了不讓少女受傷，他瞄準了柱子後方的鎖鍊破壞——豈料在朦朧的硝煙散去後，鎖鍊仍沒有絲毫傷害。

「……太扯了吧？」

即便用上了足以擊倒惡魔的炸裂彈，也沒能轟出一絲裂痕。

鎖鍊十分纖細，感覺就算以人類的力氣也能勉強扯斷，卻像是被施了魔法般堅硬無比。

「連這招都行不通的話，還能有什麼辦法啊……」

凱伊手邊的武器就只有這把槍刀。

既然亞龍爪的攻擊都無法奏效，又還能仰賴什麼樣的手段才能破壞鎖鍊？

「…………不對，說起來，剛剛的聲音有提到……」

他在墳墓裡聽到的聲音。

他記得那與鈴娜的聲音不同，是個老人的嘶啞聲。那個聲音要他別放開那把劍，而那柄劍的名字則是——

「世界座標之鑰？」

剎那間。

握在右手的漆黑槍刀，發出了太陽般的刺眼光芒。

「好燙！……唔，這究竟是？」

是亞龍爪發出的光芒。

塗黑的刀刃轉化為半透明的劍刃，而原本是槍身的部分和握柄等部位，也逐漸變得和他在墳墓裡看到的希德之劍愈來愈像。

——呼喚劍名所觸發的附身化形。

在放出的熱能緩和下來後……

凱伊的手裡握著一把發出淡淡陽光色的長劍。

那微顯通透的刀身宛如渾然天成的頂級寶石，看起來極為美麗。

雖是一柄長劍，但也像是一把巨大的「鑰匙」。

刀身散發著神聖莊嚴的氛圍。

雖然亞龍爪無法撼動這鎖鍊分毫，**但換作這把英雄之劍的話……？**

「拜託了！」

他揮落世界座標之鑰。

——鏘叮。

隨著鈴聲般的聲響，鎖鍊碎片散落在地。耀眼的軌跡將少女的鎖鍊俐落地斬斷。

有翼少女向下癱倒。

「…………」

「喂……喂……到底是怎麼搞的，這裡是哪裡，這個女孩又是什麼人？」

凱伊抱住了在昏厥狀態下掉落下來的少女。

少女的身體輕盈得難以置信。觸碰到的柔軟肌膚雖然讓他害臊了一瞬間，但他還是讓少女躺到了地面上。

「不過，她的耳朵……」

再重新端詳過對方後，他察覺到另一件事。

「是精靈嗎？」

從淡金色頭髮底下隱約窺見的耳朵，形狀似乎比人類還要尖銳些許。

……精靈的耳朵。不對，就紀錄來看，精靈的耳朵應該還要更長一些。

……形狀大概介於人類和精靈之間吧？

分類在蠻神族底下的精靈種耳朵，以及生長在背上的天使與惡魔之翼。

「我記得精靈和天使都屬於蠻神族吧？所以她是惡魔族和蠻神族的混血兒嗎？不過除了這些特徵之外，這個女孩長得幾乎和人類一樣啊……」

沒錯。

倒在地上的有翼少女，外表酷似人類少女到驚人的地步。

不僅有著惹人憐愛的標緻五官，泛紅的臉頰和小巧的唇瓣也散發著妙齡少女的淡淡嬌媚。相較於纖細的身材，那對隨著一次次呼吸而起伏的胸脯顯得格外亮眼。而以白色為基調的薄衣也透出了腰枝的線條。

若是遮住翅膀，要說她是一名十六歲上下的少女，應該也說得通吧。

而且還是一名散發著神祕迷人魅力的少女。

「人類、蠻神族與惡魔族的……混血兒？不，這怎麼可能……」

這是不可能的。不同的種族之間應當是無法生育後代才對。

然而，若是如此，這位名為鈴娜的少女又是什麼人？

「……呃………嗚………」

少女的身子重重一顫。

她的肩膀顫抖了幾下，接著，原本緊閉的眼瞼緩緩地睜開了。

她有著翡翠色的眸子，那對眸子有著寶石般的光澤，卻又帶著寶石所不具備的深邃感凝視著自己。

「喂……喂？妳清醒過來了對吧？」

「———」

少女毫無前兆地睜大雙眼。

下一瞬間，少女面露怒不可抑的神情站起身子。

「**凡妮沙**——————！妳竟敢把我關在這種地方！我沒輸，我可還沒認輸呢！」

少女用力張開背上的翅膀，擺出了備戰姿勢。

接著指向眼前的凱伊。

「妳以為**這種孱弱的低階惡魔**就能擋住我嗎？少開玩笑了，別躲躲藏藏的，給我現身吧，凡妮沙！妳不是惡魔的英雄嗎！」

「接下來才要分個高下呢！」

「咦？妳……妳等一下！」

少女喊出的名字是冥帝凡妮沙。

乃是毀盡烏爾札聯邦都市的惡魔之名。

……因為對惡魔有恨，所以才會這麼生氣。

……可是她發怒的對象……是我？

「等等，妳誤會了，我並不是什麼惡魔。說起來妳——」

「吵死了吵死了！快給我把凡妮沙帶過來啦！」

少女用力地甩了甩頭，舉起了雙手。

而她的掌心隨即浮現出**散發著各色光芒**的螺旋圖紋。

「是法術嗎？」

但那道光芒是怎麼回事？

根據種族的不同，法術的顏色也有差異。根據五種族大戰的相關紀錄，惡魔族的法術為紫色或黑色，而天使或精靈族則是帶著白色的光芒。

但有幾十——甚或幾百道光芒交纏的這種法術究竟是怎麼回事？

「像你這種低階惡魔，才不夠格當我的對手呢！」

法術之光逼近而至。

「咕……精靈彈——」

勉強舉起槍刀的凱伊，驀地僵住了動作。

亞龍爪變成了希德之劍的模樣，連裝在彈匣裡的略式精靈彈也不例外。現在的凱伊並沒有對抗法術的手段。

法術的光芒淹沒了他的視野。

就在這一瞬間。

『世界座標之鑰能斬斷「命運」。**將不必要的死亡命運自世界斬斷吧。**』

文雅的女子話聲自劍上傳來。

「唔！」

還來不及對此感到困惑的凱伊，就這麼揮下了世界座標之鑰。

希德之劍——閃耀著陽光色的劍光，將鈴娜施放的混雜了各色光芒的法術一刀兩斷。

——隨著「叮」的一聲。

法術在宛如鈴響般的聲調中消滅了。

宛如熱浪、海市蜃樓或是白日夢一般，法術沒留下一點火星，就這麼逐漸消失。

「……法術消失了？」

忍不住這麼嘟囔的，正是揮舞了希德之劍的凱伊本人。

能斬斷法術的刀刃——若是直接中招恐有生命危險的法術，居然像是「從未施展過」似的消滅了。

另一方面，施放法術的少女則是——

「…………騙人。」

鈴娜愕然地愣在當地。

她來回打量起凱伊和其手中的世界座標之鑰。

「剛……剛才那是怎麼回事？我可沒聽過區區惡魔會使用那種武器呀！」

「就跟妳說我不是惡魔了吧！」

「咦？」

「看來是氣急敗壞之下沒聽人說話啊……喏，我是人類吧？我既沒有惡魔的翅膀，也沒有尾巴啊。」

他攤開了雙手。

並感受到自少女全身上下發出的敵意正逐漸消失。

「身為救了妳的一方，真希望妳至少能明白我沒有敵意啊。」

「……是你救了我？」

「還有誰能救妳？這裡就只有我們兩個啊。」

「…………」

張開的翅膀緩緩折疊起來。

翅膀逐漸縮小，變得從凱伊的角度完全看不見了。這大概代表著「不打算戰鬥」的意思吧。

「對不起。因為我和惡魔有些過節，所以才一時衝動……」

整個人消沉下來的鈴娜開口。

然而，她隨即悶哼了一聲，雙腿隨之一軟。

「好刺眼……？」

「是啊。妳一直昏厥到剛才，突然看到這麼強的光，應該不好受吧。」

鈴娜將手掌抵在額頭上。

雖然顯然並非人類，但這樣的動作卻與人類如出一轍。

「妳剛剛喊了凡妮沙的名字吧，是指那個惡魔的英雄？」

「…………」

鈴娜無言地點頭。

「因為她就是把我關起來的罪魁禍首呀，所以我才以為會出現在這裡的，肯定是她的部下嘛。」

「我有哪個部分看起來像惡魔了？」

「我……我哪知道呀！因為我……種族不一樣……所以分不太出來嘛。」

說到這裡，鈴娜背上的翅膀已經縮小到被長髮掩蓋，完全不會被凱伊看見的程度了。

「妳說種族不一樣，所以妳不是惡魔嘍？」

「天魔——」

是偶然嗎？

鈴娜所說出的種族名稱，和凱伊閃過的想法完全相同。

「……我有被這樣稱呼過。」

「聽起來也有『但其實不是這個種族』的意思啊。」

「不……不過就是種族，沒什麼關係吧！那種小事根本不重要吧！」

鈴娜以強硬的語氣喊道。

——不想觸及這個話題。

她像是在表達這樣的心情般，大大的雙眸晃蕩了一下。

「我對你救我一事表達感激，也對襲擊你一事道歉。但關於種族……就別談了，我不喜歡這方面的話題。」

「……我知道了。」

「謝謝你願意體諒。」

雖然聽起來像是徒具形式的回應，但看她鬆了一口氣的安心表情，想必是鈴娜發自內心的話語吧。

「吶，人類，你——」

「凱伊。」

凱伊強忍著想露出苦笑的衝動回答。雖然種族不同，但被大喇喇地以種族代稱，果然還是讓他有些難以接受。

「我不習慣被以人類作為稱呼。」

「……我是鈴娜。」

也許是忘了在被鎖鍊綁縛時報過姓名的記憶吧，鈴娜再次說出了自己的名字。

「我想問妳一個問題——我們現在人在哪裡？妳說自己和惡魔的英雄交手過，然後被關在這裡對吧？」

「嗯。但我不曉得這裡是哪裡呢。」

鈴娜轉過了頭。

她仰望原本綁著自己的圓柱，接著以有些警戒的模樣環顧四周。

「我和冥帝單挑，然後就被關到這裡來了……」

「妳說單挑？」

鈴娜輕描淡寫地說出了不得了的內容。

……對手可是惡魔的英雄啊？

……光是能在和那傢伙交手後存活下來，就已經是不得了的能耐了啊。

不過，被封印在這種地方就已經很離奇了，她那對兼具天使與惡魔特徵的翅膀和討厭被人探問種族的反應，都在在反映出她是個相當特異的存在。

「……妳該不會強得一塌糊塗吧？」

「呵呵，我很厲害吧？」

鈴娜自豪地挺胸說道。

「我很強喔。就算遇上一大批惡魔，只要裡面沒有特別強的傢伙，都會被我打得落花流水呢。」

「……強成這樣的妳，居然毫不留情地向我發起攻勢啊。」

「我……我不是為這件事道過歉了嗎！就說真的是誤會啦！」

少女的臉一路紅到了耳根。

形似精靈的耳朵朝著旁側抽動的模樣，應該是內心動搖的展現吧。

「不過還真是好險呢。我因為以為凱伊是冥帝的部下，所以剛才完全沒有手下留情，你能擋下來真是太好了。」

「我要是沒擋下來的話？」

「你的身體大概會變成百來塊肉片碎裂殆盡吧……」

「哪有人手下不留情到這種地步的！」

「吶，不過你是怎麼做到的，我的法術居然被你擋下來了耶？」

「嗯？哦，其實我也還不太明白……」

他低頭瞥了一眼英雄之劍。

據說先知希德曾靠著這把劍，在大戰之中所向披靡。

……我一直懷疑只靠一把劍要怎麼對抗四英雄。

……但剛才的狀況，難道就是這個問題的答案嗎？

若是相信自劍上傳來的聲音，這把劍就有著斬斷「命運」的能力。

他剛才就是切除了被鈴娜的法術擊中而身負致命傷的「命運」。雖還有些難以置信，但他至今已經遭遇了太多光怪陸離的現象，除了相信眼前發生的事實外，他已別無選擇。

「也許是這把劍——」

「嗯嗯，這把劍嗎？」

鈴娜點點頭，要凱伊繼續說下去。而在她的背後——

原本空無一物的空間，無聲無息地出現了一個漩渦狀的黑點。漩渦在轉瞬間擴大，接著從裡頭冒出了「某個東西」。

『命運特異體■■覺醒，判斷對於新世界的干涉乃「極劣」。』

『啟動切除器官進行封印——』

那是一尊被破壞得極為悽慘的人偶。

現出身形的，是身體各處都有所缺損的詭異種族少女。

雖然外觀和人類十分相像，但自右肩延伸出來的是蛇身般的觸手器官，背上則是長著徒具骨架的翅膀。

而她的頭部竟有兩個，而且就凱伊看來，她的容貌與鈴娜有幾分神似。

但有決定性的不同。

……她和鈴娜是不同人。

……這股嚇人的寒氣是怎麼回事？

即使握著世界座標之鑰，他的手也顫抖個不停。

「就是這傢伙！」

鈴娜以抽搐的嗓聲喊著，慌慌張張地往後跳開。

「在我和冥帝交手時……這傢伙突然現身，把我擄到這裡來了！」

「那她是惡魔嗎？」

若是聽令於冥帝（凡妮沙），就不會是惡魔族之外的種族了。

但真是如此嗎？這個怪物是冥帝凡妮沙的手下嗎？在五種族大戰的紀錄之中，理應沒有這種惡魔現身過的報告存在才對。

「快逃吧！往這裡走！」

鈴娜很快就做出了決定。

她對著凱伊招了招手，隨即朝向三根圓柱的後方跑去。

「她是從祭壇後方把我拖進這裡來的！只要能在那邊開個洞——」

然而，陰影卻從鈴娜的頭上罩了下來。

「鈴娜！小心上面！」

「……咦？」

另一顆黑點在空中浮現，而怪物的右手——觸手般的物體挾著迅雷之勢從中竄出，朝著鈴娜襲擊而來。她還來不及反應，觸手便纏住了她的全身上下。

『捕捉命運特異體■■。』

少女的慘叫聲迴盪四下。

『開始進行無座標化。』

黑色漩渦無數增生。怪物將用來傳送的黑點縮至極小，並產生了成千上百的黑點，一鼓作氣地貼上了鈴娜全身。

接著抹消了起來。

鈴娜的身體像是被橡皮擦擦過一般，逐漸抹去了形影。

「啊……啊？……不……不要……不要啊啊啊啊！」

鈴娜對著凱伊伸出了手。

她似乎是在求救，但就連那隻手臂也被黑色漩渦包覆，漸漸被刮了下來。

看著少女的身體逐漸遭到抹去的光景——

「————**少開玩笑了！**」

激動的情緒超越了恐懼。

……在這個不講理至極的世界裡。

……眼前出現了莫名其妙的怪物……**但那又怎樣！**

手裡握有英雄之劍。

而凱伊本身也為了能與四種族這強大的敵人相抗，拚了命地修練至今。

無論是任何敵人都能與之相抗——應當是如此才對。

為此，凱伊所憤怒的對象，是顫抖著在一旁遠觀的自己。

「現在可不是我駐足不前的時候！」

他用上全力握住了陽光色的長劍。

「希德，借你的劍一用！」

凱伊對準抓住了鈴娜的怪物觸手，揮下了閃耀的刀刃。

——放開鈴娜！

一閃。

隨著「唰」的一聲，宛如撥雲見日一般，大量的黑色漩渦向後退去。

『…………？』

觸手遭到斬斷的怪物為之一愣。

『世界座標之鑰……世界的意識……禁忌之劍……為何會在這裡…………？』

「鈴娜！往這裡走！」

他沒理會對方的發言，拉住了少女的手臂扯了過來。

「還能跑嗎？」

「……還……還可以！」

「走吧，沒必要和那種怪物纏鬥！」

凱伊拉著她的手，朝著祭壇深處直奔而去。

他循著鈴娜手指的方向疾奔，在盡頭處——

「有了！就是那個！」

有一道發光的裂縫。

凱伊和鈴娜同時跳入了飄浮在空中的光之門。

＝＝

惡魔的墳墓。

在不到一眨眼的時間內，凱伊已然呆立在昏暗的墳墓內部。

「……呼……唔……啊……逃……出來……了嗎……？」

那頭詭異的怪物還追在身後嗎？

他猛喘著氣環顧四周，不過沒看到對方現身的徵兆。在一片死寂的黑暗之中，只聽得見自己和鈴娜的急促的呼吸聲。

「鈴娜？」

倒在地上的少女沒有動靜——就在他這麼認定時。

「——嗚！」

鈴娜整個人彈了起來，一把抱住了蹲在地上的凱伊。

「喂……喂？」

「…………我……好怕…………嗚…………身體…………還在起雞皮疙瘩……」

她的話聲中帶著哭腔。

將手環過凱伊脖頸的少女正在瑟瑟發抖。

「真的……我真的…………好……害怕……………」

「————」

「……我……沒有騙人……啦…………」

「嗯，我也覺得那東西很不妙，所以和妳一樣喔。」

他將手環過依偎著自己的少女背部。

這也難怪。在那種怪物的襲擊下，凱伊要是再晚個幾秒出手救助，還真不曉得會有什麼後果。她就是陷入了恐慌狀態也是不足為奇。

「暫時就先保持**這樣**吧，我會等妳平復下來的。」

鈴娜沒有回話。

她沉默地輕輕頷首，並加強緊抱的力道作為回應。

「……好溫暖……」

過了不久，鈴娜以有些見外的口吻輕聲說道。

「嗯？」

「我還是……第一次被人這麼對待……」

初次感受到他人的體溫。

察覺到這句話弦外之音的凱伊，不禁開口問道：

「妳的同伴呢？」

「我沒有任何同伴。」

少女的回答實在是過於冷淡。

「我一直……都是一個人呀…………我才沒有同伴呢…………………也沒有家人……身旁一個人也沒有。因為回過神來時，我就是孤身一人了。」

「————」

回過神來時，就在世界裡成了孤身一人。

鈴娜說出的話語，讓凱伊的臉色一緊。他切身明白那樣的感受，因為少女的那份苦楚已經深深地傳到了他的心底。

……這還真是諷刺啊。

……原來不只有我是如此。

被全世界排除在外的孤獨感。

想不到竟會在這樣的地方，找到能對這份心情有所共鳴的對象。

「我……對自己的種族一無所知，所以一直都是一個人。畢竟不管是蠻神族、聖靈族還是幻獸族，都說我『不是他們的一分子』呢。」

「惡魔族也一樣？」

「牠們是最惡劣的呢，居然說我是『醜陋的雜種』。我因為氣得要命，所以就和在場的惡魔起了好大的爭執呢。」

戰鬥愈演愈烈，最後發展成與冥帝凡妮沙的單挑戰。

這應該就是鈴娜至今的遭遇吧。

「……我也是一樣啊。」

聽到這句話。

原本緊抱著自己的鈴娜抬起了臉龐。

「凱伊也一樣？那什麼意思？你是人類吧？人類不都到處都是嗎？」

「我沒有任何熟人。因為連一個都不剩了，所以跟妳還滿像的。」

就連自己的青梅竹馬貞德和同事莎琪、阿修蘭都記不得自己。不知為何，在這個世界裡，唯有自己這樣的存在被視為「不曾存在過」。

「……你說一個都不剩，是死掉了嗎？」

「不，他們都活蹦亂跳的，但似乎忘了一切……不過，說不定有問題的其實是我。」

「那是什麼意思，凱伊看起來沒什麼奇怪的地方呀？」

「不不，要是把話全說了，鈴娜肯定也會取笑我的啦。」

「我不會笑你喔？」

鈴娜維持著緊抱著他的姿勢說道。

「我不會取笑凱伊的，因為凱伊沒有取笑我呀。」

「……我啊……沒辦法相信人類戰敗的事實。」

凱伊搖了搖頭，繼續說道：

「就我的記憶所及，戰勝五種族大戰的是人類；然而這裡的歷史卻顛覆了我的認知——人類吃了敗仗，而人類的都市也被惡魔所占據。」

「咦？凱伊，等等喔。」

抱著自己的鈴娜抽開了身子。

「那是什麼意思，你是說惡魔擴張了勢力嗎？」

「嗯？」

「在我和冥帝戰鬥時，並沒有發生過那種事呀……」

「妳說的『那種事』是指？」

「就是你說的——惡魔占據人類都市那檔事呀。我可沒聽說過呢。」

她愣愣地抬頭眺望半空。

在沉默地思考了一會兒後，鈴娜忽然「啊」地輕呼了一聲。

「我記得的部分似乎也和凱伊很像喔。雖然是在我和凡妮沙開打之前的事了，但那時候人類似乎開始在大戰之中占得上風了呢。」

「唔！為什麼會變成那樣！」

「我想是……**人類的英雄**的關係吧。凱伊應該比我更清楚吧？」

他懷疑起自己的耳朵。

想不到居然會從身為不同種族的鈴娜口中聽到這個詞彙。

「惡魔都在議論紛紛呢，說是人類裡頭出了個非常厲害的傢伙，並被視為人類的英雄之類的……」

「妳聽說過希德嗎！」

「呀啊？」

凱伊下意識地抱住鈴娜，拉向自己。

「鈴娜，妳見過希德嗎？」

「凱……凱伊，你等一下啦……我……我才沒聽過呢，因為我對人類的名字又不感興趣呀。」

「啊……這樣啊。這麼說也有道理。」

然而，**這個世界**的莎琪和阿修蘭都說過「人類的英雄並不存在」。

換句話說，會說出「人類的英雄」這個詞彙，便是鈴娜與自己見識過同一段歷史的佐證。

「凱伊？」

「……太好了……」

他放手鬆開了鈴娜。

凱伊仰望昏暗的天花板，打從心底鬆了一口氣。自己的記憶沒有錯，因為知曉同一段歷史的少女就近在眼前。

——**總算遇到了**。

在完全不明白發生了什麼事的狀況下，來到了人類在大戰中敗北，都市遭到竊占的世界後，他總算找到了一個人。

一個能理解自身孤獨的同伴。

「嗯？凱伊？吶，有什麼好事嗎？」

「因為我們是同伴，是擁有相同記憶的同伴啊。」

「……同伴？」

鈴娜露出了一副不明所以的表情。

這也難怪。她明明過著與家人和同族人無緣的人生，卻被突然碰面的人類喊說是「同伴」，肯定一時之間難以接受吧。

「我鬆了一口氣。這感覺和鈴娜剛才抱著我說『得救了』是一樣的心情喔。」

「……是這樣嗎？」

「是啊。看來我們兩個都不再是孤身一人了。」

先知希德確實存在。

而希德在五種族大戰之中奪勝的歷史也毫無疑問地存在過。

就算世界上的每一個人類都遺忘此事，他和鈴娜也還記得正確的歷史。他們擁有共同的記憶。

「……我不再是孤身一人的意思是？」

「因為有我在啊。雖然沒辦法和妳保證我一定值得依賴就是了。」

「…………」

鈴娜抬眼打量起凱伊。

有翼少女以趴在地上的姿勢，將臉孔驀地湊了上來。

「……幹什麼啦？」

「凱伊是第一個和我說這種話的人耶。」

「我也是頭一次對人說這種話啊。」

「這樣呀……」

說著。

鈴娜輕輕彎起了嘴角。

「那我們就一起走吧。」

這是她首次展露給他人的——不太習慣的僵硬微笑。

拯救無力回天的人類之人

1

在走出漆黑金字塔之後。

對於自頭上灑落的午後陽光，凱伊反射性地瞇起雙眼。

「……至今發生的一切，都不是在作夢吧？」

他在墳墓裡頭找到了希德之劍。

不僅如此，他還拯救了被關在古怪異空間裡的少女鈴娜，還被詭異的怪物襲擊，好不容易才逃出生天。

這樣的經歷，真的會有人相信嗎？

「就連我本人都覺得有一半像是在作夢啊……」

那是無可否認的現實。

畢竟那名少女——鈴娜，如今就跟在凱伊的身後。

「嗚——好刺眼！我好久沒有曬到太陽了呢。」

鈴娜眯細雙眼，戰戰兢兢地將臉探出墳墓外。

她的尖耳稍稍探出了金髮外頭，並攤開了背後的天魔翅膀向前邁步。

蠻神族、惡魔族和人類。

光是一眼看去，就能看出少女擁有三個種族的特徵——

「吶，凱伊，這裡是哪裡？」

有著複數特徵的少女，一臉狐疑地環顧著四周的荒野。

「這裡是烏爾札聯邦境內的荒野，位於世界大陸的北部，妳沒印象嗎？」

「……我不記得了。因為一直被關著嘛。」

鈴娜直直地瞪著前方的景色，直至地平線的盡頭。

「這一帶是惡魔的支配地帶嗎？可是我沒看見惡魔的身影耶？」

「大部分惡魔都住在人類的都市裡，所以這一帶的惡魔才會沒幾隻。」

這是他從人類反旗軍的資料中得到的知識。

烏爾札聯邦的王都烏爾札克成了惡魔的大本營。那裡同時也是被囚禁的人類以奴隸身分度日之地。

「這個國家的王國成了鈴娜曾交手過的冥帝的老巢。這裡雖然離王都有好一段距離，但還是有可能看到一兩隻巡邏的惡魔。」

「……吶。」

鈴娜張開翅膀，仰起身子望向天空。

「凱伊接下來想怎麼做？」

「我嗎？哦，這是個好問題。我之所以會來墳墓也算是一時興起，所以接下來——」

在他把話說到一半的時候。

凱伊眼前的有翼少女，腳步驀地一晃。

「鈴娜！喂！」

張開翅膀的鈴娜雙膝跪地，無力地垂下脖子。

「……啊。奇怪，怎麼會，我明明沒用什麼力量呀……」

鈴娜的聲音顫抖著。

她雖然仰起身子試圖站起，但隨即用盡了力氣，再次頹坐下來。

「是一直被綁住的關係吧。大概是因為妳馬上就開始走路，才會這個樣子。」

「……我自己站得起來呀？」

「別逞強啦。」

凱伊讓鈴娜搭著自己的肩膀，協助她起身。

從鈴娜身上傳來的力道，就像剛出生的嬰兒般微弱。即使借助了凱伊的肩膀起身，她的雙腳還是無法踏穩，整個人貼了上來。

他看著虛弱的鈴娜一會兒。

「鈴娜，要是沒地方可去，要不要和我一起走？」

「和凱伊一起？」

「妳都累到不抓住我就站不穩了，不一起走可不行吧？如果前往人類的城鎮，應該也不用擔心會遭到惡魔的襲擊吧。」

「……我要去人類的所在地嗎？」

她的聲調拉高了幾許，大概是因為這是個出乎意料的提議吧。

鈴娜垂下臉龐，默默地思忖了一會兒。

「……我不要。」

她以咳血般的難受口吻說道：

「五種族全都不能相信，不管是惡魔族、蠻神族、聖靈族還是幻獸族都一樣。我光是接近他們，就會因為『不正確』的氣味而曝光……」

「人類也一樣？」

「……人類也不能相信……因為我不喜歡他們。」

「那我呢？」

鈴娜支吾了一下。

「……凱伊的話……因為有救過我的關係……」

「看來我是可以相信的啊。」

「可是！就算凱伊可以相信，人類還是和你不一樣！」

「那妳只要相信我一個人就行了。要是覺得我在說謊或是不值得相信，妳就立刻抽身吧。這樣就解決了吧？」

「────」

鈴娜沒有對此反駁。

凱伊明白這是她無言的同意，於是便走離墳墓。

他走向裝甲車。

「……我看過這玩意兒動起來的樣子。」

「謝啦，那就省得我詳細說明了。鈴娜坐我旁邊。對對，就是副駕駛座。」

車輪旋轉起來。

四輪驅動的敞篷車開始奔馳，而對於首次體驗「兜風」的鈴娜來說，她很快就鐵青著一張臉，冒出了瀑布一般的油汗。

「鈴娜？喂，鈴娜？」

「這……這這……這是什麼？會動！會動耶！我的屁股一直麻麻的，好噁心！」

「是輪胎傳來的振動，很快就會習慣的。」

「騙人！就算是凱伊說的，我也沒辦法相信……不……不要啦，讓我下去啦──！」

坐在副駕駛座上的鈴娜，像是被迫坐上雲霄飛車的孩子般哇哇大哭。

而且她不僅哭叫，還一把抱上了在一旁駕駛的凱伊。

「凱伊，救我──！」

「哇！喂喂，別這樣啊鈴娜，妳踩到了！踩到排檔了！這會讓車子────」

過沒多久，兩人的慘叫聲就在荒野之中迴盪起來。

2

烏爾札聯邦，第十主車站。

裝甲車開過化為廢墟的都市叢林。

該小心提防的是四處巡邏的惡魔。

……也有被惡魔跟蹤的可能啊。

……莎琪和阿修蘭也一再叮嚀，要自己絕對不能暴露蹤跡。

人類特區的入口絕對不能被牠們發現，為此，在駕駛的同時也得隨時注意是否有遭到跟蹤。

不過，鈴娜有著感應惡魔法力的能力。

「鈴娜，狀況如何？」

「嗯，沒事。我沒感應到惡魔的法力喔。」

鈴娜坐在副駕駛座上。

她已從首次的兜風體驗中平復下來，如今正以放鬆的模樣靠坐在座椅上。

「吶，凱伊，這種地方真的有人類的住處嗎？」

「是啊，馬上就會看到一棟很大的大樓了。從那裡可以通往地底下的城鎮。」

「……真的變成**這幅光景**了呢。」

車道處處可見裂縫橫生。

鈴娜凝視著被瓦礫山堆填滿視野的光景，從副駕駛座上探出身子。

「我和冥帝交手時，惡魔可是住在遙遠東方的火山裡呢。」

「我記得的也是這樣。」

惡魔原本的住處為炎熱的火山地帶。

凱伊所隸屬的人類庇護廳是這麼記載的。

就五種族大戰的紀錄來推測，鈴娜與凡妮沙交手並遭到囚禁的時間點，應該就是在這段期間吧。

「凱伊，你說過這個世界『改變了』對吧？」

「是啊。就目前來說，相信我的也只有鈴娜而已了。」

在這段車程之中，凱伊在車內向鈴娜講述了自己的所見所聞。

——是從那一刻開始的。

世界為之驟變。在大樓、道路、人類和一切被吸入空中之後，一切就顛覆了。人類在大戰中獲勝的歷史，變成了以敗北作結的歷史。

「我一直到昨天都還是半信半疑的狀態。但在遇見鈴娜後，我就不再迷惘了。」

「不再迷惘是指？」

「這裡不是我們原本所在的世界。我們來到了大戰的結果截然相反的另一個世界——我現在對這樣的假設深信不疑。」

與自己有著相同歷史記憶的鈴娜就在身旁。

她的存在對現在的自己來說，無疑是一劑強心針。

「反正這事只有我們討論過，不如就把我們所記得的歷史定調為正史吧。我指的是有希德這個人類存在過的那段歷史。」

「那這邊的世界呢？」

「與我們所知的歷史有所不同的『別史』世界——目前就先這麼看待吧。」

正史與別史。

這兩段歷史的最大歧異，肯定就是「先知希德的存在與否」。

因為希德曾經存在，百年前的大戰因而得勝的正史世界。

因為希德不存在而失去反擊的機會，導致大戰在三十年前以敗北作收的別史世界。

這兩個世界互換的契機，極有可能就是凱伊所目擊到的那段光景。

「鈴娜喜歡這裡的世界嗎？」

「超討厭的。」

少女噘起嘴斷言。

「我最討厭的是惡魔族，其次則是蠻神族，這兩個種族都罵我『很汙穢』或是『被詛咒了』。現在是這些種族掌握了世界對吧？我才不要待在這裡呢。」

「那麼──」

「**我們要逃出這個別史世界**，對吧？」

「是啊。雖然不曉得『逃』這個說法正不正確，但還是想回到和我們記憶相符的正史世界啊。」

為何世界會出現這樣的異變？

他不認為這是人類的技術能做到的事。

那凶手恐怕就不是人類了。他最先懷疑的，是四種族的其中之一。對於擁有強大法力的四種族來說，說不定真能實現這樣的變化。

「鈴娜，妳覺得這會是法術造成的現象嗎？」

「我不知道耶。雖說聖靈族有很多奇怪的法術，但我覺得又好像不太一樣……」

這時。

話說到一半驀地打住的鈴娜，將臉龐抬了起來。

「有人類的味道？」

「馬上就要抵達了。等停好車後就到目的地啦。」

他將車子繞到第十主車站的後方。

在把車子停在堆積的瓦礫縫隙後，他讓鈴娜下了車。

「這裡的地底下有人類特區的存在，但我也是昨天才來過就是了。」

鈴娜窺探起四周。

凱伊打量著鈴娜的穿著，將目光停留在背上的翅膀。

……鈴娜最教人在意的部分果然是翅膀啊。

……她身上穿的似乎是精靈靈裝，若說是有些古怪的服裝，應該還有辦法應付過去。

但鈴娜的特徵為那對天魔之翼，以及如精靈般的一雙尖耳。

關於後者，由於沒有精靈那麼尖長，因此還能靠著側髮遮去大半；但問題在於背部可見的那對翅膀。

「不如就罩著我的外套遮住背部吧。只要抵達旅館——」

「我的翅膀可以收起來喔。」

說著，鈴娜背上的翅膀逐漸縮小，藏到了衣服底下。

「咦？妳怎麼做到的？」

「只是把翅膀變得很小而已。這樣從外面就看不見了吧？」

看到凱伊驚訝的反應，鈴娜露出了淘氣的笑容。

也許是因為沒有同胞的關係，看到他人被嚇到的反應，對鈴娜來說似乎是很新鮮的體驗。

「吶，很厲害嗎？」

「……是啊。很厲害，很厲害。」

「可以再多誇我一點喔！」

「妳是小孩嗎。喏，往這裡走。要是鬧得太凶被惡魔看到，可就大事不妙了。」

在對一臉得意的鈴娜報以苦笑後，凱伊伸手指向大樓的入口。

＝

自支配世界的四種族手中逃脫後，人類在大陸的邊境興建起人類特區。

設置處包括了寸草不生的荒野或沙漠，或者是斷崖絕壁底下的溪谷等等。

而人類特區「新維夏」則是選在烏爾札聯邦的王都近郊，利用地下鐵的空間打造的城鎮。

「就是這裡。我昨天就是住在這間旅館裡的。」

那是這座人類特區裡唯一一間旅館。由於駐紮在新維夏的人類反旗軍也會借宿在此，所以走道上看得到傭兵來往。

「呃，鈴娜？」

柔軟的肌膚觸感碰上了肩頭。

凱伊轉頭望去，只見鈴娜緊緊抱住了自己的左肩。

「不……不不不……不可以啦凱伊！別一個人走遠了，這裡很危險的！」

「……危險？」

「這裡有好多人類！說不定會被他們抓起來咬呢……」

「沒人會咬啦！瞧，沒人懷疑妳吧。」

鈴娜瞪著穿梭在旅館走道上的住宿客，但住宿客則沒察覺她的視線，繼續各走各的。

「我不是說了，只要把翅膀和耳朵遮好就沒事了嗎？」

現在的鈴娜看起來就像個可愛的人類少女。

正因她反映了精靈血統——外貌宛如有著通透的白磁色肌膚的美少女，所以她堂而皇之地抱著自己的舉動，反而讓凱伊感到相當害臊。

「……鈴娜，可以的話盡量別抱著我的手臂，我想這會惹人注意的。」

「我……我知道了！」

說完，她便緊緊貼到了凱伊的背上。

就在凱伊煩惱著是不是也要她別這麼做時——

「嗨，凱伊，你回來啦。」

「啊——真的耶。歡迎回來。人家想說你差不多該回來了呢。」

是莎琪與阿修蘭。

高挑青年和嬌小少女從走道對側走了過來。兩人都穿上烏爾札人類反旗軍的戰鬥服，肩上掛著手槍。

「阿修蘭，謝謝你借我車。」

「可要對人類反旗軍的上司保密啊。要是知道我擅自把備品（車子）借出去，可是會挨上一頓罵的。」

阿修蘭接過凱伊拋來的車鑰匙。

「應該沒被惡魔的偵察兵看到吧？」

「這我能打包票。因為我去的地方是空曠的荒野，一旦有惡魔的偵察兵，馬上就能發現了。」

「幹得好……是說，我剛剛就感到很在意了。」

阿修蘭俯視著藏在凱伊身後的少女。

「這個可愛的女孩是誰啊？」

背後的鈴娜重重一顫，僵住了身子。

「嗨，我叫阿修蘭。妳呢？是從哪座人類特區來的？」

「欸，阿修蘭，你也搭訕得太直接了吧。」

「不過就是打個招呼啊，莎琪。喏？」

「……不……不要！不過就是人類，不准你們向我搭話！」

鈴娜從凱伊背後跳了出來，

接著對準兩人伸出雙臂，而法術的光芒隨即朝著她的雙手匯聚起來。

「把你們炸——」

「可別炸飛他們啊！」

「鈴娜，冷靜一點！」

凱伊連忙從身後架住少女，阻止了她的行為。

「這只是先下手（打招呼）為強罷了。一見面就施法乃是世界的常識。」

「世上不存在這種殺氣騰騰的打招呼法啦！總之不可以動手！……莎琪，阿修蘭，我和這個女孩有話要說。我是剛才看到她倒在外面，才會帶回來的！」

他拎起鈴娜的後頸，一口氣衝過了走道。

「啊，喂喂，凱伊——」

「晚點聊！」

他急忙衝進自己的房間，鎖上了房門。

「……真是好險。」

他想像著鈴娜施放法術的光景，不禁打了個冷顫。

不僅會揭露她是不同種族一事，破壞人類城鎮的罪行還會讓她被當成危險分子。

「吶，凱伊。」

在背靠著房門的凱伊面前。

鈴娜雙眸圓睜，抬眼凝望著凱伊的臉龐。

「我讓凱伊感到困擾了嗎？」

「…………」

「我……果然很礙事……嗎？」

「……妳在說什麼啦。」

讓自己感到困擾了。

要是讓她察覺此事，鈴娜肯定就會毫不猶豫地離開人類特區——凱伊閃過了這樣的想法。

「這不是鈴娜的錯，是我沒好好說明的關係。」

他隔著房門指向走道。

「剛剛那個叫阿修蘭的是我的同事，他不會攻擊鈴娜的。」

「…………」

「所以鈴娜也一樣，就算有什麼誤會，也不能出手攻擊。」

「……嗯。既然凱伊這麼說了，我就相信你。」

鈴娜有些心不甘情不願地點頭答應。

「這裡是凱伊的住處嗎？」

「目前是這樣，待在這裡就不會被其他種族找到了。不過床鋪……」

畢竟房裡的床鋪是單人床。

如果勉強擠一擠，應該可以讓兩人一起睡吧……但鈴娜的外表毫無疑問地是個美少女，要是睡在同一張床上，反而是凱伊會感到緊張。

「我去櫃檯要個備用睡袋，鈴娜就睡那張床吧。」

「……不要。」

「不要？」

「要我一個人睡在這裡，感覺很可怕耶。」

「啊……這樣啊。那在等我回來之前，妳要不要去淋浴一下？」

他指向房門旁的淋浴間。

在視電力和水資源為珍貴資源的人類特區，除了大眾澡堂之外，僅有各個房間設置的淋浴間可以作為洗澡之用。

「為了省電，水龍頭出來的只有溫水，但總比冷水好吧？」

「淋浴？」

「就是洗澡的意思。」

他打開淋浴間的門，將嵌在牆上的小型水閥向右轉開。

水龍頭先是滴出幾滴水滴，隨即噴出了強勁的水柱。

「哇！好厲害，好像聖靈族的法術！」

鈴娜戰戰兢兢地伸手觸摸水龍頭噴出的溫水，看似開心地拉高聲調。

「我可以洗澡嗎？」

「是啊。在我出去一下的這段期間……喂，等等——！」

薄衣輕飄飄地飛上半空。

凱伊從大方地裸露肌膚的鈴娜身上別開視線，扯開嗓子大叫：

「妳也太快脫光了！等我出去再脫！」

「嗯？為什麼？」

一絲不掛的鈴娜繞到了凱伊的正前方。

「吶，凱伊，為什麼不能脫？」

「也不准妳裸著身子繞著我轉！」

「可是要洗澡就得脫光吧？」

「是這樣沒錯，但看起來有點……因為鈴娜長得和人類一樣，所以我很傷腦筋。」

「？」

異種族少女愣愣地歪著頭。

除了肉體與人類相近之外，想必也受到皮膚白皙的精靈或天使的血脈影響，所以鈴娜的肌膚遠比人類來得雪白通透，極富魅力。

「啊，對了對了，凱伊你看，我把翅膀藏得很好對吧！」

鈴娜將身子轉了半圈。

她將苗條的背部展露出來，的確如她所說，原本位於人類背部到腰部一帶的翅膀，如今連一根羽毛也看不見。

不過，首先映入凱伊眼裡的並不是她的背部，而是更下方──描繪著誘人曲線的豐腴臀部。雖然對方要他看的是翅膀，但老實說實在是無法將視線集中在那個部位上。

「欸，凱伊？」

「……好吧。不過在淋浴間外的時候，要用浴巾包好身體。萬一被我以外的人看到背部，應該會很不妙吧？」

而且也能讓我看不見屁股──他忍著想把這句話說出口的衝動，將淋浴間附的浴巾披在她的肩上。

「那我出去一下，妳就邊淋浴邊等吧。」

「嗯！要快點回來喔！」

在喜孜孜地回應的鈴娜目送下，他走出了房間。

這時——

在踏上走道後，不久前分開的阿修蘭剛好經過他的身邊。

「凱伊？你看起來怎麼比剛才還累啊？」

「……因為我完全沒有能鬆懈的時候啊。」

凱伊聳聳肩回應。

接著將身子頹靠在走道的牆上。

水聲嘩啦啦地響起。

數以萬計的沖澡水珠接連反彈在磁磚地板上，而混雜在這些水聲之中的，則是少女的哼歌聲。

「原來就算不是人類，也是會在洗澡時唱歌啊……」

鈴娜在淋浴間發出的歌聲傳入了凱伊的耳朵。此時的他坐在床沿，將槍刀放在自己的膝蓋上。

……希德之劍是一把透明的陽光色之劍。

……但在不知不覺間變回了亞龍爪。

就凱伊的記憶所及，希德之劍——「世界座標之鑰」是附在亞龍爪上頭顯現的。

「不管怎麼看，那都不是人類造得出來的武器啊……」

它依附在亞龍爪上頭顯現，斬斷了鈴娜的法術。

說到有能耐打造這種超乎常理的武器的種族——

「精靈或矮人吧？」

蠻神族是以「亞人」為世人所知的種族。

天使、精靈、矮人——他們體內雖然都有著強力的法力器官，卻不像惡魔那般擅長擊發法術。

因此，他們製作了帶有強大法力的道具。

希德之劍若也是蠻神族的作品，那能斬斷法術的力量就算是有個說明了。不過……

「再試一次。」

亞龍爪究竟還能不能變成世界座標之鑰呢？

若在這裡也能成功變化，就可以說是完全證明了希德之劍的存在吧。

……那時候，應該是對劍的名字做出反應了吧。

……這若是寄宿了法力的武器，說不定世界座標之鑰這個名字，就是發動的關鍵。

他深吸一口氣，準備說出那個名字——

「大……大事不妙了，凱伊！」

鈴娜的慘叫聲卻颳跑了凱伊的決心。

淋浴間的門被幾乎要被甩破的力道打開，接著只裹著一條浴巾的少女便衝了出來。

「水一直沒停耶！吶，要怎麼樣讓水停下來呀？」

她的身體呈現溼淋淋的模樣。

水珠自肩膀貼附到脖頸的長髮滴下，沿著鎖骨的線條輕輕劃過豐滿的雙丘，那樣的身姿實在是極為煽情。

……不妙。

……這恐怕對我的精神衛生相當不佳。

鈴娜有乖乖聽話，將浴巾裹在身上——不過浴巾雖然是裹著的，但在她慌張衝出的狀態下，浴巾要從身上滑落也只是時間上的問題了。

「咦，凱伊，你怎麼了？吶，看我這邊嘛？」

「…………」

「吶，凱伊，我說看我呀。」

「……我知道了。鈴娜，總之先把浴巾好好包住身體。我會在這段期間把水止住。」

「嗯？好！」

聽到鈴娜開朗的回應，凱伊以不至於會被她發現的音量嘀咕：

「……這對心臟真不好。」

然後重重地嘆了口疲憊的氣。

過了幾分鐘後。

「人類還真是狡猾。」

鈴娜以浴巾仔細地擦去頭髮上的水氣。

她穿著房間附設的睡衣坐在床邊，像是忽然想起什麼似的這麼說道。

「凱伊，人類好狡猾呢！」

「……哪裡狡猾了？」

「因為他們都用那麼溫暖的水洗澡呀。我還是頭一次洗得這麼舒服呢。」

「什麼啊，舒服的話不就是好事嗎？」

水龍頭的溫水確實讓鈴娜吃了一驚，而凱伊也聽到她在入浴時因開心而哼出的歌曲。

「我……可是在冬天的瀑布底下，用混著雪的冰水洗澡的呀。」

「這算不上什麼狡猾，只是人類的發明而已吧。這些燈光也是。」

就算不仰賴陽光，四種族也能以法力作為媒介造出光源。

就只有人類不具備法力，所以在五種族之中才會是最弱的種族。

「人類沒有幻獸族那樣的龐大體格，而如果想與其他種族挑戰，先天上的差距也太過懸殊，為了彌補這些落差，人類才努力作出了這些發明。」

「…………」

鈴娜停下了擦拭頭髮的動作。

「人類的槍枝也是這樣的產物嗎？」

「八成是吧。之所以得靠槍枝或大砲發射子彈，應該是為了研發不會輸給法術一類的遠距離攻擊手段。但就現狀來說，人類似乎還是一籌莫展啊。」

「……這樣呀。」

人類也吃了不少苦頭呢——鈴娜像是在說給自己聽似的這麼低喃。

擦乾頭髮後，她站起身子。

在凱伊開口問她想做什麼之前，鈴娜便朝著眼前的床鋪跳了上去。

「嘿！」

「妳在幹麼啊？」

「因為好厲害嘛！我還是頭一次睡到這麼柔軟的床耶！」

少女在床鋪上來回滾動。

她像是在確認觸感似的，一次又一次在床鋪上彈跳滾動。

「……好軟好軟。好軟好軟喔。」

「妳好像很開心啊。」

「好軟好軟好軟好軟好軟好軟好軟好軟好軟好軟！」

「妳是小孩嗎？」

快點給我乖乖睡覺啦。

凱伊側眼看著在床上來回翻滾的鈴娜，重重地垮下了雙肩。

3

隔天早上。

和凱伊這三天以來的印象相比，位於地下的城鎮——新維夏的主街道此時正處於格外寧靜的氣氛，路上的行人也相當少。

購物客也是零零散散，其他的則是人類反旗軍的傭兵。

「吶，凱伊，人比昨天晚上還少耶？」

「我想白天時，大家應該都去工作了。畢竟得去運作生產中心啊。」

維護生產中心是居民的工作，該處能生產出醫療用品和衣物。此外，若沒有汙水處理廠，也無法維持人類特區的生活。

不過，這總有一天會被逼上絕路的吧。

只要無法從占據烏爾札聯邦全土的惡魔手中奪回地表，人類特區就會一直走在逐漸沒落的路上。

「……這先暫且不提，我們今天得花一整天的時間查資料啊。」

目的地是圖書館。這個世界由於受到惡魔的襲擊，讓許多書籍付之一炬，而圖書館是少數留有歷史文獻的設施。

「首先仔細調查這個世界的一切吧。既然以回歸原本的世界作為最終目的，就得想辦法找點線索才行……鈴娜，妳看得懂人類的書嗎？」

「嗯。只要凱伊唸給我聽，我就看得懂了。」

「總覺得那似乎不是看得懂的意思，不過就先這樣吧。」

這時。

走在身旁的鈴娜驀地回頭看去。

「是昨天的人類氣味。」

「氣味？……什麼啊，原來是莎琪和阿修蘭。」

只見原本是同事的兩人從通道對側跑了過來。凱伊很快就發現他們的狀況不太對勁——

因為原本總是扛在肩上的槍，此時卻握在他們手裡。

而且兩人的表情也十分嚇人。

「莎琪，阿修蘭？」

「凱伊！原來你在這裡！」

莎琪轉過了身子，她隨即伸手指向旅館的方向。

「快點帶著那個女孩避難！旅館地下有通往防空洞的路！」

「……怎麼回事？」

「**被發現了**。」

阿修蘭打開了手槍的保險。

就在下一瞬間。

火柱竄天。

凱伊正要前往的圖書館，屋頂就這麼被暴風轟飛，裊裊火星隨之噴發開來。

「……是法術。」

鈴娜悄聲說道。

她站在凱伊的背後，以悄悄話般的音量這麼告知。

「是惡魔的法力，而且不只一隻，有好多隻在。」

「……妳說什麼？」

「是惡魔的偵察兵。牠們已經入侵到這裡了嗎！」

阿修蘭看著衝上天花板的火星咂聲說道。

「那些傢伙好死不死，偏偏找到了我們通往地表的避難通道，然後就一路滲透到這裡來了。現在有傭兵（我們）拖住牠們，你就帶著那個可愛的女孩躲去防空洞吧！」

「城鎮被發現了？那這裡不就……喂，莎琪、阿修蘭，等等！」

不待凱伊說完，兩人就朝著鎮外衝了出去。

『區長向所有居民發布緊急命令——

已確認特區遭到敵對種族的入侵，所有居民立即逃至防空洞。各生產中心長請放下防火門，藉以關閉生產中心。』

緊急廣播以驚人的音量不斷重播。

在天花板作響的警鈴不僅沒有收斂，音量還隨著每一秒過去不斷增強。

「可惡，居然是最糟糕的狀況……！」

在一瞬間被人們的慘叫聲包覆的地下鎮裡，凱伊用力咬住了下唇。

這是人類反旗軍最害怕的狀況。一旦人類特區徹底曝光，那就只剩下拋下城鎮逃跑一途了。

居住區陷入一片火海，生產中心遭到破壞。

「吶，凱伊，我們離開吧。」

鎮上迴盪著四處竄逃的居民的嘶吼聲，在這樣的狀況下，就只有鈴娜露出了事不關己的神情，拉住了凱伊的衣角。

「……離開？」

「去地表呀。若是只有我和凱伊就不會有事的，簡簡單單就可以逃得遠遠的喔。」

「就我們兩個嗎……？」

「因為這可是把凱伊忘掉的世界呀。就算凱伊出現在眼前，也沒有一個人類會在乎凱伊對吧？我不覺得我們有出手幫忙的必要喔。」

無情——但若是撇開感性的層面不談，就以存活作為首要目標來說，鈴娜的提議可說是最為合理的選擇吧。然而——

「………………」

「凱伊，怎麼了？」

「鈴娜，我又一次誤會了這個世界。」

人類在五種族大戰中落敗了。

一部分人類淪為奴隸，至於逃出生天的人類則是在特區生活。他雖然接收了這些資訊，但看到這座充滿活力的地下街後，便感到放心了。

「我以為人類雖然歷經波折，但還是能堅持下去。不過……」

沒想到狀況嚴峻到這種地步。

……是我評估錯誤，完全是我的過失。因為我滿腦子都是自己知曉的歷史。

……因為我一直在人類在大戰中獲勝的世界生活。

應該能撐下去吧。

某人會在這個世界裡力挽狂瀾——他的內心深處對此深信不疑。

看到這幅光景後，他才終於明白——

這個世界並不存在如此理想的「某人」。

先知希德不曾存在，因此沒有一個人類能與四種族抗衡。

哀嚎聲充斥著人類特區。

這幅光景恐怕才是這個世界的真面目吧。

「我……」

亞龍爪的重量壓在右肩上。

還有世界座標之鑰——希德過去用過的長劍也在手邊。

……就如鈴娜所說，我有辦法逃掉，也有防空洞的存在。不過——

……那我至今又是為了什麼而活？

在摔入惡魔墳墓後的這十年間——從不間斷的訓練究竟是為了什麼？

不就是為了這一刻嗎？

「鈴娜。」

凱伊看向身旁的少女，微微露出了苦笑。

「我改變主意了。讓我試著掙扎看看吧。」

「咦？」

「我想確認——確認我多年來拚了命的訓練究竟有沒有意義。因為在這個世界裡，能效法希德舉動的……大概就只有我一個人吧。」

不等鈴娜回話，凱伊蹬地衝出。

在混著煤煙的風吹過全身的同時，他拉開了亞龍爪的保險，衝往傭兵發出怒吼的方向。

「子彈對敵方單位無效！」

「太硬了。不行！擋不住牠們了……！」

城鎮被悲鳴和慘叫聲所覆蓋。

凱伊仰望天花板，只見惡魔的偵察兵正停在上頭。惡魔即使中了步槍的子彈也沒當一回事，恣意在空中飄浮著，而牠與凱伊在地表上見過的惡魔不屬於同一種類。

那是有著石頭皮膚的鳥獸型惡魔。

「是雕像魔嗎！」

連子彈都傷不了分毫的強韌肉體是最為頭痛的威脅。紀錄曾記載過，這種惡魔曾讓以步槍作為主力武器的人類吃足了苦頭。

「不行……靠步槍沒辦法嚇阻牠們！莎琪！快去拿機關槍來！」

即使接連中彈，石像惡魔還是輕鬆寫意地在天空飛著。

趁著牠們還沒逼近，持續擊發步槍的阿修蘭大聲吼道：

「動作快，要是這道防線被攻破，地下城鎮就無路可退了！」

「好……好的！」

莎琪衝了出去。

一道黑影自她的頭頂上方罩下。就在此時穿過了槍林彈雨的雕像魔，瞄準了自傭兵隊伍落單的莎琪飛了過來。

「莎琪，蹲下！」

就在惡魔的嘴即將啄中她背部的瞬間，亞龍的爪子打彎了惡魔的嘴喙。

名為亞龍爪的槍刀，將肉體強得連子彈都能彈開的惡魔砸向地面。

「凱伊？」

「莎琪，比起機關槍，手榴彈更能攻破雕像魔的裝甲。有榴彈槍嗎？」

「有……有是有……」

「用那個對準天花板上的防火灑水器，讓它把水灑出來。雕像魔是以法術石化自己的身體，若是對牠們灑水，吸收了水分的身體就會變得沉重，然後就趁著牠們飛不起來的時候解決掉吧。」

「你為什麼知道得這麼詳盡呀？」

「我不是說過了嗎，我曾看過大戰終結的歷史啊。」

與四種族的交戰紀錄，全都由人類庇護廳保管著。

究竟用上了何種武裝、人員和戰術，才讓人類打贏了那些戰役呢——凱伊將這一切的紀錄全都塞進了腦袋之中。

「雕像魔的法術是『石化』對吧？」

那是能讓目標的肉體組織產生變質的極惡咒術。

沒有法力的人類一旦中招，就沒有反制的餘地了。表示這個法術正在發動的暗色法術圓環，正顯露在雕像魔的翅膀皮膜上頭。

「略式精靈彈就是用來處理這種狀況的。」

發射出去的半透明結晶穿過了雕像魔的翅膀，消滅了描繪在上頭的圓環。

人類究竟動了什麼手腳——

凱伊沒給予石之惡魔回神的時間，將亞龍爪向下揮落。

略式亞龍彈炸裂。爆風連石之鱗片都轟散開來，雕像魔隨之倒下……然而——

『咕嗚嗚嗚！』

「……嘖。」

即使倒了下來，雕像魔仍是伸出手臂，抓住了亞龍爪的刀尖。

而在凱伊的亞龍爪遭到壓制的同時，另一隻雕像魔從他背後現身了。

「凱伊？」

莎琪連忙舉起步槍瞄準。

看到她的動作，凱伊立即大吼：

「別開槍！」

「……咦？」

「那只會浪費子彈。」

亞龍爪自凱伊的手上離開了。那並不是被惡魔奪走，而是他自行放開的。

「若是沒有槍，人類就沒有獲勝的手段。」

他回望自背後逼近的雕像魔。

凱伊如同陀螺般高速旋轉，並讓全身的體重順著這股力道，以一記肘擊彈開了惡魔揮落的爪子。

「確實是這樣沒錯。」

他鑽入敵方的懷裡，在自己的肩膀貼上惡魔胸口的極近距離內，凱伊更進一步地拉開步伐，沉腰蓄力。

……一直到大戰終結之前，這確實是常識沒錯。

……但人類以戰後的反省作為動力，研發出能彌補種族差距的技巧了！

赤手空拳——為了與四種族的戰爭預作準備，在正史的世界裡，人類庇護廳將學習**以四種族為假想敵的格鬥技**設為義務。

「四界戰鬥式就是為了這一刻而生的。」

他以背部施展打擊。

也被稱之為鐵山靠的這一記打擊，將雕像魔的身體轟上了半空。

「不會吧？」

體重恐怕超過了一百公斤的石像惡魔，居然被人類的力量擊上半空——這可以說是異常的光景，讓莎琪忘我地高聲吶喊。

——集中於一點的衝擊。

利用全身肌肉僵直時產生的瞬發力搭配體重，使之炸裂開來。若要比喻，這就像是以運動能量取代火藥產生的「爆破」。

這股衝擊力足以將雕像魔向後轟飛。

「鈴娜，飛到妳那邊去了。」

「好。」

鈴娜回應。

她的背部在瞬間張開了天魔之翼，但目擊這一幕的應該只有凱伊而已。

「凱伊想戰鬥的話，我也會一起戰鬥。」

一道道閃電從天而降。

就算用光柱來形容也不誇張的巨大落雷，將凱伊擊飛的雕像魔徹底吞沒，而閃電江河甚至四下掃動，將周遭的雕像魔一網打盡。

惡魔發出慘叫，隨即接連消滅。

僅過了短短數秒，惡魔族的氣息便完全從人類特區消失了。

「……真不愧是敢向冥帝找碴的存在。」

「對吧對吧？」

「不過剛才那一下也太誇張了吧。」

人類反旗軍的傭兵肯定也目睹了剛才的雷擊。就算沒意會到那是鈴娜施展的法術，也肯定會對她投以猜疑的目光。

「等……等等，凱伊！剛才的閃電……是怎麼回事？難道是法術？」

「冷靜點，莎琪，那只是單純的漏電。」

凱伊努力讓自己保持平靜，對興奮至極的莎琪聳了聳肩。

「因為惡魔四處大鬧，所以好幾棟建築物都垮了，輸電設備因此短路，才會冒出火花和電流。那不是什麼超自然現象。」

「啊……你……你這麼說好像也有道理……可是……」

「還有更值得去思考的事。」

「是……是嗎？……是說凱伊，原來你強得這麼誇張呀！那個把法術抹消的子彈是怎麼回事？還有那一招打擊呢？」

「這兩個問題我都說明過了，我就是一直這麼訓練過來的。」

那是前天晚上的事了。

為了試圖讓莎琪和阿修蘭想起自己，他花了許多時間說明起人類庇護廳的任務和訓練過程，也講述過亞龍爪和四界戰鬥式的事。

不過，這兩人在聆聽的過程中都是一副心不在焉的模樣。

「喂喂喂，那是怎麼回事！」

就連阿修蘭都跑了過來。

「也太誇張了吧。喂，凱伊，你要是有這麼強，一開始就該來幫忙啊！」

「……叫我去避難的是誰啊？」

「哈哈，是我沒錯。好啦，任誰都有誤會的時候——喂，我們處理掉這邊的惡魔了，你們那邊呢？」

阿修蘭對小型的通訊機說道。

在來回交談幾次後，原為同事的青年咂了一聲，結束了通話。

「不妙啊。位在另一側的偵察兵似乎有兩隻逃掉了。」

「咦？阿修蘭，這很不妙吧！我記得上頭有下令絕對不能讓牠們逃掉……」

「要是魯莽地追上去，可是會遭受反擊的。這也沒辦法啊。」

讓入侵此地的惡魔逃跑了。換句話說，這處人類特區的位置已經暴露給全惡魔族知道了。對方下一回肯定會派出更為強大的兵力襲擊。

「鈴娜。」

凱伊將音量壓到最低，對身旁的少女說道：

「要是惡魔再次派兵襲擊，只靠妳我兩人有辦法守下來嗎？」

「嗯，不可能喔。」

「……因為數量差距的關係嗎？」

「若是高階惡魔出手，就能從地表施個法術，直接將地底都市（這裡）連同地面一同炸飛嘍。防不住的。」

「————」

「啊，對……對不起。我會加油的。凱伊如果要戰鬥，我也會幫忙的。」

「不，我沒事。這不是鈴娜的錯。」

毋寧說，把話說得如此明白，反而讓他的腦袋清醒了一些。

但這該怎麼辦？

就連曾和冥帝交手過的鈴娜都舉要白旗投降了，那肯定就是這麼回事吧。下一次的襲擊會讓新維夏徹底毀滅。

「吶，凱伊，要不要和咱們一起走？」

將步槍扛上肩的莎琪側首說道。

「……要去哪裡？」

「去人類反旗軍的總部喔。畢竟這攸關人類特區的命運，也不是派遣部隊能處得來的狀況。他們肯定得立刻召開緊急會議吧？」

「我可是局外人，跟去沒關係嗎？」

「都用那種神乎其技的招式幹掉雕像魔了，你哪還算是門外漢或是局外人呀？你願意來的話人家很歡迎喔。畢竟凱伊那麼厲害，可是嚇了我一大跳呢。」

「…………」

烏爾札人類反旗軍總部。

是人類為了從惡魔族手裡奪回地盤而戰的反抗軍大本營。

……他們的指揮官是靈光騎士貞德。

……不，現在就先把她是我青梅竹馬一事忘掉吧。

引導人類的騎士。

為了要守護新維夏，只靠凱伊和鈴娜是不夠的。有必要尋求她的協助。

「人類反旗軍可是天天在缺幫手，所以隨時都歡迎新血的加入喔。像凱伊這麼厲害的士兵，貞德大人應該會開開心心地邀你加入吧？」

「……我知道了。我們也跟著去人類反旗軍的總部。」

他對鈴娜使了個眼色。

凱伊將亞龍爪扛上肩，朝著莎琪的身後追了上去。

4

烏爾札聯邦**舊王都**威撒雷姆。

由於將王都遷至烏爾札克，這裡成了一片廢墟。被棄置的古老大廈林立，即使到了現在也沒被拆除，保持著昔日的風貌。

「因為是沒有人類的廢墟，所以免於惡魔的襲擊。完全是盲點對吧？」

「所以作為人類反旗軍的總部再適合不過了？」

「對對。這裡有武器庫和訓練設施，也有生產中心。惡魔就是從上空經過，也只會看到一群廢棄的大樓呢。這裡離王都也近，是個絕佳的好地方喔。」

莎琪沿著荒廢的地下鐵通道前進。

他們搭上裝甲車，從人類特區「新維夏」開了兩個小時，最後抵達的是舊王都之中最為巨大的建築物地下樓層。

聯邦議事堂。

過去這棟大樓曾用來作為烏爾札聯邦的開會場所。

「順帶一提，提議將此地作為人類反旗軍據點的，是貞德大人的父親喔。」

停好車的阿修蘭從駕駛座下了車。

「他是前任的司令官。要是沒有他在，烏爾札人類反旗軍早就被剿滅了。」

「……那位大叔人呢？」

「在兩年前被惡魔襲擊身受重傷，已經退役了。貞德大人就是繼承了他的位子。」

在正史的世界之中。

貞德的父親是人類庇護廳的現任幹部。凱伊也常被青梅竹馬貞德一家邀去吃晚餐。

……這樣啊。我以為除了我之外的人類，在這裡都沒什麼變化。

……原來也會出現這樣的變卦啊。

在別史的世界裡，有像貞德的父親般不得不退役的人，也有像貞德這種被傳頌為人類希望的騎士。

「貞德大人的辦公室位於三樓，我已經聯絡好了，所以就直接上去吧。啊，這邊的電也很珍貴，所以電梯是不會動的。走樓梯吧。」

莎琪直接略過了位於建築物中央一帶的電梯。

「這裡的電幾乎都拿去供應生產中心了，和人類特區一樣呢。」

「食物之類的？」

「這裡進行著槍枝、火藥和汽車的製造喔。產量不多就是了。」

莎琪拾級而上。這時，一名看似隊長的壯年傭兵帶著近十名部下，從樓梯上方跑了下來。

「整合隊長！」

「莎琪上級兵、阿修蘭上級兵，我收到新維夏那邊的狀況了。」

壯年的整合隊長皺起眉頭繼續說道：

「在這幾天內，想必就會有一大批惡魔殺過來吧。雖然我經歷過這類例子無數，但能堅守下來的案例還不到一半。」

「是……是的……」

「現在包含貞德大人在內的幹部正在商議。狀況是二選一——也就是以人類反旗軍的所有兵力防衛新維夏，或是就此捨棄新維夏。」

一旦進行防衛，人類方也會有所犧牲。是該抱著這股覺悟開戰，還是為了減少犧牲而捨棄城鎮？不論選擇為何，肯定少不了來自民眾的反感和不滿吧。

「麥克西姆整合隊長。」

「……你是？」

整合隊長低頭看向忽然喊了自己名字的少年，稍稍吊起了眼角。

「莎琪上級兵，這一位是？」

「是……是的，他名叫凱伊，一如阿修蘭的報告，是個厲害人物喔！他不用槍枝就將雕像魔給轟飛出去了呢！」

「原來如此，是你啊。我已經收到報告了，據說你已經習慣和惡魔交手。貞德大人也說想和你當面聊聊……不過，你居然知道我的名字啊。不好意思，我們可曾在哪裡見過？」

在人類庇護廳的訓練課程見過。

指導剛加入部隊不久的我的人，不就是上司您嗎——凱伊握緊雙拳，將險些說出口的話語吞回喉嚨。

「……不，只是曾聽說過您的大名。」

「我明白了。不好意思，我還得和其他的分部隊長配合支援，先告辭了。」

傭兵掠過眾人，朝著階梯下方走去。

另一方面，凱伊等人則是前往三樓。雖然是廢棄大樓，但玻璃窗上都張貼了無法從外頭窺探內側的特殊貼膜。

「好啦，就是這裡了。」

阿修蘭有些緊張地凝視前方，只見不遠處有扇看似厚重的雙開式門扉。

「這就是貞德的房間？」

「對對，我先提醒你，等下千萬別忘了稱謂。雖然你是外人，但要是對靈光騎士大人有所不敬，可是會被烏爾札聯邦的全人類特區罵個半死喔。」

「……有這麼嚴重？」

「也代表他就是這麼受人敬重呀。畢竟貞德大人可是被視為能從惡魔手中奪回領土的希望象徵呢。」

他回想起造訪新維夏時，貞德被民眾簇擁的光景。如果烏爾札聯邦全土都這麼崇拜她，那她的地位可就不只是單純的司令官而已了。

而是引領民眾的戰神之類的存在。

司令官辦公室——

「請恕我失禮。阿修蘭上級兵和莎琪上級兵，自新維夏歸來了。」

在敲了敲門後，阿修蘭以慎重的動作推開了半邊門扉。

自窗戶投入的陽光璀璨生光，同時將這座大廳照得無比莊嚴。

房間的中心擺著一張大圓桌，入座的共有七人。其中六人都在肩膀或胸口裝飾著豪華紋章，看得出他們是總部的幹部。

「辛苦了，阿修蘭上級兵、莎琪上級兵。」

坐在最深處的人物出言慰勞。

雖然聽起來帶有威嚴，又像是少女勉強逼緊嗓子擠出來的中性男聲……會冒出這樣的念頭，是因為凱伊知曉她真實身分的關係嗎？

——靈光騎士貞德。

身穿銀色盔甲的烏爾札人類反旗軍的司令官，緩緩抬起了臉龐。

「我們正巧在討論新維夏的狀況。」

「那……那個……真的非常抱歉！」

「之所有讓惡魔逃跑，全是因為派遣部隊太不成熟所致！讓人類特區陷入危機，乃是我等無可挽回的失態，我等已下定決心歸來，願意接受一切裁罰！」

莎琪和阿修蘭深深地垂下了頭。

大廳裡醞釀著緊張和死寂的氣氛——其中六名幹部貫徹著有些詭異的無言態度，而司令官則緩緩開了口：

「達魯隊長和蓋爾副隊長身負重傷，而派遣部隊的一至五班成員幾乎都受了輕傷……既然都付出了這麼大的代價，那會讓兩隻偵察兵逃走也是情有可原之事。面對賭上性命作戰的諸君，我實在無法將之稱為失態。」

貞德伸手，指向置在圓桌旁的白板。

上頭條列式地寫下了作戰內容。字跡大多相當粗暴，這也能看出議論時有多麼急迫吧。

「關於新維夏的防衛，今後會由總部接掌指揮。我已命令整合隊長向烏爾札聯邦全土的

人類反旗軍分部要求支援，諸君也會納入我等的管轄之下。」

「咦？才不要呢。」

鈴娜的這一句話，漂亮地將當場的氣氛摧毀殆盡。

坐在圓桌旁的幹部目光，同時投向了凱伊身旁的少女（鈴娜）。

「我只聽凱伊的話喔。為什麼要我聽區區人類的——嗚咕？」

「哇——她……她什麼也沒說！……鈴娜，安靜。妳要是亂講話，說不定會被懷疑真實身分的！」

凱伊摀住了鈴娜的嘴，要她安靜下來。凱伊慌慌張張地回望圓桌，看到了貞德像是目睹了什麼好玩的東西似的，在一瞬間露出了嘴角含笑的表情。

「原來如此。」

靈光騎士以手掌拄著臉頰，擺出了十足的男性指揮官架子。

「這可真是失敬。我剛才的發言乃是針對莎琪上級兵和阿修蘭上級兵，而非你們兩位。既然並非人類反旗軍的同志，那我也沒有命令你們的權力。況且我反而想向你們道謝。」

貞德自圓桌旁站起。

烏爾札聯邦的希望象徵，對著凱伊和鈴娜輕輕低頭致意。

「我收到報告了，入侵的偵察兵共有九隻，據說其中兩隻是你打倒的？」

「……算是啦。」

實際上是鈴娜的法術解決的。不僅如此，將雕像魔掃蕩殆盡的是鈴娜的雷擊，說她是守下都市的大功臣也不為過。

「不過，少年，你究竟是什麼人？」

坐在圓桌一角的女性幹部，以沙啞的聲音說道。

「我是花琳，擔任貞德大人的護衛。」

「我是凱伊·沙克拉·班特，這位是我的同伴鈴娜。」

他輕輕點頭行禮。

……嗯，原來如此。難怪覺得只有一個幹部的氛圍格外不同。

……她不是幹部而是護衛，以人類庇護廳的說法就是私人保鏢吧。

他與這名女子不曾在正史世界打過照面，但凱伊一眼就看出來了。

她已鍛鍊得爐火純青。

自從踏入房間到現在，鈴娜的目光始終落在這個名為花琳的女護衛身上。她的存在感之強，就連異種族(鈴娜)都格外重視。凱伊曾在鍛鍊四界戰鬥式的過程中見過無數的武術高手，但從未見識過如此明顯散發著「強大」氣息的人物。

——她是一名戰士。

這已不是傭兵所能擁有的強度了。那是跨越過一次次絕境的粗獷戰士的身姿。

「我有幾個問題想代貞德大人發問。」

「請說。」

「你扛在肩上的武器——那個與劍合為一體的槍刀所擊發的子彈能讓雕像魔的法術失效，這點讓人相當好奇。子彈並非鋼鐵所鑄，而是打磨水晶般的石頭所製成的，我想祕密就藏在這裡吧？」

「……妳為何會知道得如此詳細？」

「來源是設置在新維夏的監視器。不過我也重看了挺多次的。」

她「看到了」亞龍爪的子彈？

還真是說了相當不得了的內容。

略式精靈彈的子彈速度比一般的子彈慢上許多，但這名女傭兵竟能透過解析度不高的監視器，將他的武器解析到這種地步。

她的動態視力究竟優秀到什麼程度？

「還有，你施展的武術也相當陌生。我身為一名傭兵，也對武術略有心得，但你那對著惡魔赤手空拳擺出的『架勢』和洗鍊的打擊卻是我首次見識到的。我想知道你的槍枝和武術究竟是從何而來。」

「————」

「不能說嗎？」

「請容我反問一句，你們是想聽『感覺很逼真的假話』，還是『怎麼聽都像是謊言的真話』？」

「隨你高興即可。」

相當熟練的回答。

那名護衛即刻回答的態度，讓人感受得出她所經歷過的大風大浪。

「這不是在盤問你，請隨意無妨。」

「那我就說了。我要講的是後者，還請各位做好心理準備。」

他無言地對鈴娜點點頭。至於身後的莎琪和阿修蘭之所以會露出窩囊的表情，大概是在表示「就算被當成說謊我們也幫不了你」的意思吧。

「我見識過另一個不同的世界。」

「……嗯？」

「那是人類戰勝了五種族大戰，不僅成功封印了四種族，人類還過著安穩生活的世界。我是從那個世界來的人。」

圓桌的幹部一同安靜了下來。

這個小鬼在胡說些什麼啊？——在奇異視線的注目下，凱伊打開了亞龍爪的彈匣從中取出一顆子彈。

「就我所知的歷史，大戰已在一百年前告終。至於這把槍刀，則是以大戰的紀錄作為依據打造的最新型對四種族槍械，所以成了這個世界並不存在的武器。」

略式精靈彈。凱伊無言地拋出了形狀宛如水晶碎片的子彈。

花琳一把抓住了循著拋物線扔來的子彈。

「關於剛剛提到的武術也是一樣。由於槍枝對於襲擊新維夏的雕像魔或是皮膚厚實的幻獸族難以奏效，人類在戰後對於這些交手紀錄加以反省，並編撰出四界戰鬥式。據說這種武術的開山始祖，乃是打倒四種族英雄的先知希德——」

「少開玩笑了，小鬼！」

聽不下去了——讓人聯想到這種態度的男子怒吼聲，震盪著設有圓桌的辦公室。

男性幹部坐在花琳的左側，魁梧的他紅著一張臉站起身子，朝著圓桌重重一捶。

「竟然說人類打贏了大戰……這種杜撰的故事……你該去好好想想，我等人類反旗軍究竟付出了多少犧牲和執念，才得以在惡魔的襲擊下抵抗至今！」

「所以我剛才說過了，這些話聽起來或許會像謊言。」

「但耐性是有限的。」

旁邊的另一名幹部也起了身。

他雖然竭力保持冷靜的口吻，但怒火讓他的臉頰抽搐連連。

「夠了。你們立刻出——」

「稍微透透氣吧。」

主君冷竣地做出發言。

身穿盔甲的指揮官的一句話，居然讓起身的男人乖乖地安靜下來。

「漫長的會議讓空氣變悶了。莎琪上等兵，不好意思，能麻煩妳開個門嗎？」

「遵……遵命！」

站在雙開門前的少女連忙將大門敞開。

——對兩名幹部的牽制。

她並沒有下令要兩人閉嘴，而是優秀地活用現場的氣氛削弱兩人的氣勢。貞德那俐落的處理方式，讓凱伊在內心嘖嘖稱奇。

……在大門開啟的狀態下，吼叫聲會傳到外面去的。

……為了不讓部下瞧見自己的醜態，就只能乖乖閉嘴了。

青梅竹馬的形象已不復見。

在他眼前的，是引領烏爾札聯邦民眾的騎士。總覺得窺見到了她一小部分的才幹。

「你是凱伊對吧。」

貞德以肘抵桌，交扣雙手。

「讓話題回到稍早之前，你打倒了襲擊新維夏的兩隻雕像魔，而其中一隻甚至是在槍械被奪的狀態下成功反擊，你的實力著實教人瞠目結舌。花琳也是這麼認為的對吧？」

「是的。」

「若是要邀他加入人類反旗軍，妳認為該給他什麼樣的待遇才好？」

「隊長級——或是在我的指揮下擔任副護衛亦無不可。」

護衛（花琳）的這一席話，讓圓桌的眾人議論紛紛。

白髮老兵像是再也無法忍受似的，猛地站了起來。

「請容我以參謀身分進行發言。花琳，開玩笑也該有個限度。」

「在下極為認真。」

「妳聽了剛才的胡言亂語，還打算收他作為貞德大人的護衛嗎？我記得妳曾說過，貞德大人的護衛只要妳一個人就夠了不是嗎！」

「在下僅是對此人的實力做出評比。」

花琳以機械般的平靜聲調說道：

「不過，貞德大人，正如參謀所言，他的發言之中有幾許讓人猜疑的部分。若是邀他加入，卻反而打亂了人類反旗軍的制度，那可就得不償失了。」

「——也是啊。那麼，凱伊，關於你剛才的發言，這次輪到我有話要說了。」

貞德像是在測試凱伊似的，抬起眼眸再次看了過來。

「老實說吧。我不曉得該怎麼看待你所說的話……但有些部分讓我感到在意。在新維夏時，你也表現出像是與我相識的反應啊。」

「……是啊。」

「我希望能聽你對這方面多做解釋。在那個叫『另一個歷史』的地方，你和我之間是否存在某些關聯？」

「我們是同學。說得更詳細一點，我們是住在隔壁的兒時玩伴。」

「我和你嗎……？」

這番話似乎大出意料之外，貞德登時啞口無言。

就連在主君身旁的花琳似乎也吃了一驚，揚起單邊眉毛。而凱伊對著這兩個人開口——

「奧格……還有傑爾。」

「唔，那是我的……」

那是貞德的父親奧古斯都和祖父（傑拉爾德）的暱稱。就算是聽過兩人名字的傭兵，若沒能和貞德的家族走得夠近，就不可能有得知暱稱的機會。

「貞德妳從小就聽力過人，就算隔了兩個房間，也聽得到別人聊天的聲音。因為耳力太好的關係，一旦下雨就會被雨聲吵得睡不著覺，讓妳很頭痛。」

「………」

愕怔。

貞德露出了像是被人虛晃一招的神情，連話都說不出來了。你怎麼會知道——靈光騎士甚至忘了回應，用力抽了口氣。

「所以我才想問妳。」

凱伊抱著觸犯人類反旗軍禁忌的覺悟，跨出了那一步。

「貞德，妳為什麼要扮成男人？」

「…………唔！」

貞德抽了口氣，而圓桌的幹部同時轉頭看向了她。

「我所認識的妳說過，總有一天想超越父親，成為他值得驕傲的女兒。但現在的妳卻完全走上了相反的道路。」

藉由穿上盔甲遮掩體型，將自豪的長髮盤了起來偽裝成短髮。像是長了喉結的嗓聲想必是經歷訓練得來的吧。她畫濃眉毛，並藉由化妝呈現出受過日曬的膚色，這身男性打扮可說是無懈可擊。

……說她是一個凜然威風，打扮中性的男子確實是說得通。

……就算有人感到懷疑，也不會有人膽敢光明正大地詢問人類反旗軍的領導人吧。為此，她才會在人類反旗軍裡以一派自然地表現出「男人」的模樣吧。

「貞德，我——」

「該打住了。」

有人拍了拍手。

一直在旁守候的花琳，以冷淡的嗓聲這麼說道。

「貞德大人，是時候與南部的悠倫人類反旗軍聯繫了。」

「……這樣啊。」

聽到護衛的話語，主君在一瞬間發出了像是感到安心的嘆息。

但靈光騎士隨即斂起表情，在辦公室裡朗聲說道：

「不好意思，雖然話才說到一半，但先就此解散吧。我命令莎琪上級兵和阿修蘭上級兵留在總部，與新維夏派遣部隊維持聯絡……凱伊，還有妳叫鈴娜對吧？」

貞德站起身子。

在向護衛花琳低聲囑咐幾句後，她將視線投了過來。

「我會為你們準備客房。等明天再繼續剛才的話題吧。」

5

烏爾札人類反旗軍總部。

其內部打掃得一塵不染，讓人難以想像這是一棟荒廢的大樓。

凱伊被帶到的客房也是如此。

他被帶到的這座房間裡滿是品味獨到的擺設，各處也都打掃得十分乾淨。

「吶，凱伊！好厲害！這張床也好軟耶！」

坐在床邊的鈴娜不斷重複著起立和坐下的動作。

「好軟好軟好軟好軟好軟！」

「妳開心真是再好不過。不過鈴娜，妳擅自跑到我的房間沒問題嗎？」

「不和凱伊在一起可不行呢。」

雖然對方為他們張羅了兩間客房，但在和幫忙帶路的莎琪告別後，鈴娜過沒幾分鐘就跑到凱伊的房間來了。

……我雖然也明白鈴娜不想一個人待在滿是人類的地方。

……但要是被人看見我們共處一室，就很難好好說明狀況了。

透過玻璃窗望去，可以看到低垂的夜幕。

夕陽沒入地平線已是好幾小時前的事了。大多數的兵舍都已經熄燈，除了哨兵之外，大多人都已經進入夢鄉。

「……吶，凱伊。」

「嗯？鈴娜，怎麼了？」

「凱伊是不是認識那個看起來很偉大的人呀？」

鈴娜像是感到不可思議似的眨了眨眼。

「我雖然不太熟人類的社會，不過那個人類是不是最偉大的一個？」

「哪個人類啊？」

「貞咪。」

「是貞德吧。她和莎琪與阿修蘭一樣是我的同伴。在世界變成這個樣子之前，她都還和我待在一起，所以我一直以為她說不定會是唯一一個還記得我的人。」

「……貞咪對凱伊來說是必要的存在嗎？」

她抬起眼眸，稍稍鼓起了臉頰。

鈴娜的表情就像個在鬧彆扭的孩子。她開口問道：

「我很強喔。就算來個兩三隻惡魔也不會輸喔。只要有我在，凱伊就不用擔心了。」

「妳這麼說固然讓我很放心，但對手不只是兩三隻而已。」

「就算來個十隻左右，我也不會輸喔？」

「我想讓惡魔的英雄嚐嚐我們的厲害。」

啊——鈴娜安靜了下來。

「在來到總部的路上，我一直在思考，說到底，不讓惡魔明白『人類很難應付』是不行的。為了不讓惡魔攻入人類特區，得讓他們的老大——冥帝凡妮沙明白人類究竟有多強才可以。」

「……凱伊要去戰鬥嗎？」

「是我要提這個點子的，所以不上不行啊。」

他對著一臉嚴肅的鈴娜聳了聳肩，以打趣的口吻說道。

凱伊已向入侵新維夏的雕像魔群開戰——在那個時間點上，他似乎就踏入了無法回頭的道路。

「雖然這連我自己都覺得好笑，但我一直覺得這樣的日子總有一天會來臨。即使世界沒像這樣被整個覆寫，總有一天……人類說不定還是得和惡魔與其他種族再次開戰。」

總有一天，他們會闖出墳墓展開反擊。

十年前，在他摔進惡魔的墳墓之際，雖然當時還只是個孩子，但與惡魔面對面的恐懼感，仍讓他冒出了這樣的念頭。

「我一直努力過來，為的就是讓自己能以一己之力打倒惡魔……總覺得那些努力是有意義的。在這樣的狀況下，我想以我的方式掙扎看看。因為我那些悶著頭去做的訓練，似乎在這個世界裡得以發揮啊。」

總覺得這裡有一場只有自己才能完成的戰役。

「而且我還有希德的劍。」

「……是砍斷了鎖鍊救了我的那把劍嗎？」

鈴娜低頭望向凱伊的亞龍爪。她也曾看過這把槍刀化為陽光色的世界座標之鑰——亦即希德之劍的模樣。

「這是無人知曉的希德遺物……這種說法雖然有點傷感，但對我來說，這把劍是很特別的。畢竟它的出現，真的讓我懷疑這是不是命運的安排啊。」

這把劍肯定能成為自己的助力。

而這股力量肯定足以對抗惡魔的英雄。

「話說回來，鈴娜和冥帝交手時，是一個人闖進去的對吧？」

「是呀。」

「打起來的感覺如何？」

「我被她的部下包圍，打得很辛苦呢。」

「也是啊。但在這個世界裡，狀況更是嚴苛。冥帝所在的位置是烏爾札聯邦的王都，而且還是最大的一幢大樓……那原本叫作政府宮殿，如今似乎已經被牠們奪去作為巢穴了。」

那是集中了烏爾札聯邦國政機構的建築物。

就凱伊所知，那棟巨大的大樓甚至被譽為固若金湯的要塞。而如今卻被惡魔所奪，成了冥帝凡妮沙的住處。

「若想攻進政府宮殿就需要人手，我需要人類反旗軍的協助。」

「你要去拜託貞咪嗎？」

「是貞德啦。只是沒想到她會變成這麼重要的人物啊。」

青梅竹馬變成了烏爾札聯邦的希望之星。

要是她還記得自己，肯定會積極幫自己一把吧。

這時。

「等等，凱伊，有人類的味道。」

鈴娜坐在床沿回頭說道。

下一秒，房門隨即傳來「咚咚」的敲門聲。那簡直就像是在等待兩人察覺到自己的氣息後才刻意做出的動作。

「都這麼晚了，是哪一位呢？」

「有事要談。」

帶著獨特嘶啞聲的嗓音回應。

花琳．里納．由比奇塔斯。她有出席白天的那場會議，是個給人深刻印象的女傭兵。

「但找你們的不是我，而是貞德大人。」

「……貞德找我們？」

他讓鈴娜待在床邊待機，解開了門鎖。

在開門後，只見護衛獨自一人站在昏暗的走道上。重新打量過她的臉孔後，這位名為花琳的護衛的年紀實在是輕得讓人驚訝，大概才二十五歲左右吧？

「兩人都在嗎？那更好了。」

花琳瞥了站在床前的鈴娜一眼。

她有著冰冷的灰色眸子和輪廓深邃的端正五官。

身高約與成年男子相仿，在女傭兵之中算是個頭相當高。但她沒給人大而無當的印象，若是凱伊在這麼近的距離發難，她恐怕也有辦法做出反應吧——她的站姿就是給人如此精鍊的印象。

「請前往白天去過的辦公室，貞德大人在那兒等候。」

「……夜都這麼深了耶？」

「有些話是不能在眾目睽睽之下談論的。」

她瀟灑地邁出步伐。凱伊在對鈴娜招了招手後，隨即跟了上去。

三人前往沒有照明的一樓樓梯處。

「我說，對面的樓梯明明就有燈啊？」

「那燈光是表示有巡邏兵在，要是有人看見我們的身影就麻煩了。」

「……要是被部下看到就不妙了嗎？」

趁夜造訪客房。

然後又不想被人類反旗軍的部下發現，到底要談什麼話題？

「有件事想問你。」

花琳邊上樓邊說：

「這是我從莎琪上級兵那兒聽來的訊息——雕像魔的身體，是對著自己施展石化法術所構成的；而若是碰到了大面積的水，就會因為身體受潮而無法飛行。」

「妳覺得這樣的資訊有問題？」

「這解開了雕像魔不會在雨天出沒的疑問。總部的作戰隊長為此大為高興。」

「……這樣啊，那就好。」

「這方面的知識，也是從你所說的另一個歷史的世界帶來的嗎？」

花琳的腳步停了下來。

女護衛站在二樓和三樓之間的拐角處，轉過了身子。

「在『人類在大戰中勝利的世界』裡，雕像魔的弱點是常識嗎？」

「有相關的紀錄保存下來。」

凱伊停下腳步，仰望花琳。

「為了撲滅惡魔放出的火焰的灑水行動，是找到弱點的契機。在雕像魔的翅膀沾了水後，牠們的動作似乎就慢了下來。這可以算是偶然之下的產物啦。」

「我明白了。」

「……問題問完了嗎？」

花琳直接轉過了身子。就凱伊來說，既然都被帶到這種掩人耳目的地方了，他還以為會被對方以更為尖銳的態度追問下去。

「坐在圓桌的那些幹部──那五人對你這個男人有根本上的誤解。這是我和貞德大人得出的共識。」

女傭兵再次拾級而上。

「你所說的『其他歷史』是真是假，其實並不重要。」

「……妳的意思是？」

「問題在於知識的有用性——說穿了就是對我等來說是否必要，重要的只有這點。」

三樓的辦公室。

女護衛將手搭上雙開的大門，緩緩地將之推開。

「我的主君判斷你是『必要的』。」

「——辛苦了，花琳。」

貞德的房間被燈光照耀著。

「她」站在大圓桌的前方——開門後的不遠處。

放下頭髮，恢復成少女模樣的青梅竹馬(貞德)就在那兒。

她罩著一件發著奇異光芒的薄薄連身裙。

貞德將雙手負在身後撐著圓桌，在露出淡淡苦笑的同時挺起身子。

「……貞德？」

「可以麻煩將門關上嗎？要是被看見就不好了。」

她以凱伊熟悉的青梅竹馬嗓聲這麼說道。

不想被人目擊——他這下總算明白花琳這麼說的用意了。

「晚安，凱伊、鈴娜。」

「…………」

他一時之間說不出話來。

難道妳想起我的事了嗎？在他開口之前，貞德先一步搖了搖頭。

「凱伊，我到現在還是無法相信你所說的那些事。你說你是來自與這裡不同的世界，還和那個世界的我是青梅竹馬。」

「……是啊，我想也是如此。」

「不過，也不曉得原因，但我覺得和你不是初次見面。這是真心話喔。」

貞德呼出了一口氣。

「你問我為什麼要打扮成男人，答案就只有一個喔——因為在這種組織裡，打扮成男性會比較方便。爸爸一直有教我這方面的事，以備他在無法指揮時後繼有人。」

「我聽說伯父他受傷退役了。」

「是呀，所以我才繼承了他的位子。我因為從小就打扮成男生，所以知曉我真實性別的就只有花琳和曾是爸爸部下的人類反旗軍的幹部而已，這對其他部下是保密的。」

「妳為什麼要和我坦白這麼重要的祕密？」

「如果我一直維持男性打扮，你應該就不會相信我了吧？」

為了讓對手坐上談判桌所展露的誠意。

換句話說——

「我和花琳都對你相當看好。能與惡魔偵察兵交手的實力，以及知識……你說不定能為人類反旗軍帶來光明呢。」

「……我就直問了，妳具體來說要我做什麼？」

「麻煩你死守新維夏。」

護衛花琳上前一步。

「過去，在人類特區被惡魔的偵察兵發現時，我們總是會選擇在對方派出大軍進攻之前疏導居民避難。」

「……意思是這一回不一樣嗎？」

「我們要活用地利，選擇抗戰。」

烏爾札聯邦的地圖貼在牆上。

花琳指著在地圖各處畫下的紅圈。

「新維夏區一共被五座人類特區包圍。由於這些都市都存在著人類反旗軍的分部，一旦惡魔（那些傢伙）攻進新維夏——」

「原來如此，來自五座都市的援軍就能包圍惡魔了。」

反過來說，若是新維夏淪陷，周遭的五座人類特區也有受到侵略的風險。就算得付出代價也要死守下來——這稱得上是合理的判斷。

「人類一直被牠們看不起，但我這次打算反過來利用這點。」

貞德繼續說道：

「我會給你們合理的報酬，希望你們願意幫忙。」

「——吶。」

一直貼著凱伊的鈴娜，從凱伊的背後探出了頭。

「我覺得那樣會變得沒完沒了呢。」

「咦？」

「要擊退來襲的惡魔是可行的喔？不過，我想下次會有更多的惡魔前來報仇呢。」

「……是呀，我也對此做好覺悟了。」

指揮官貞德無言地握住了拳頭。

她很清楚——身為人類反旗軍的領袖，她比誰都明白這一點。

但即使如此，還是得堅守下去。一旦新維夏遭到擊潰，那就連周遭的人類特區也會暴露在惡魔的威脅之下。

「我也跟鈴娜有同感。」

他走到白板旁。

凱伊將手指向貼在白板上的地圖中央處，擠出了話聲說道：

「只靠抵抗是不夠的。我想應該得攻進這裡——攻進王都才對。」

「那是什麼意思？你要我在人類特區遭到襲擊之前，一鼓作氣攻入淪為惡魔老巢的王都嗎？」

「就結果來說是這樣沒錯，但該打倒的惡魔就只有一隻而已。」

「……你說只有一隻？」

貞德和花琳都看似狐疑地瞇起雙眼。她們並不是沒有察覺，而是因為聽出了「一隻」的弦外之音，才會露出這樣的反應吧。

「難道說……」

凱伊對著人類反旗軍的指揮官用力點了點頭。

「直接打倒惡魔的英雄。」

「你說要打倒冥帝凡妮沙？等等，你是認真的嗎？」

「就我所知的大戰，最後是由人類獲得勝利，所以這絕非不可能。」

根據正史世界的紀錄，先知希德擊敗了冥帝凡妮沙，而惡魔也因此成了一盤散沙。

「…………冥帝凡妮沙是個怪物喔。」

貞德壓低聲音說道：

「這烏爾札聯邦的王都烏爾札克是在三十年前淪陷的。我聽說王都聚集了許多士兵，長年將之守了下來，就連高階惡魔的襲擊都得以擊退。然而，有天冥帝凡妮沙孤身一人在防衛戰線前現身了……」

而王都就在一夜之間徹底毀滅。

烏爾札聯邦的總戰力擋不住一名惡魔英雄的襲擊，就這麼敗北了。

「就算動員幾百人一起上，也只會增加無謂的犧牲。」

「要與冥帝直接開戰的只需要兩人，也就是我和鈴娜。」

「……就只有你們兩個？」

貞德說不出話來。

她先是仔細打量起兩人的面孔，在抽了一口氣後才說道：

「你應該知道烏爾札聯邦出動全軍也打不過冥帝吧？」

「是啊。但人數不是問題所在。就我所知的歷史，有個傢伙單槍匹馬地擊敗了冥帝。那是一個強得離譜的人類英雄。」

「……你辦得到一樣的事嗎？」

「我不敢掛保證，因為這和英雄希德當時的狀況多有不同。」

當時的希德恐怕已經對與其他種族的戰鬥方式瞭若指掌。

另一方面，自己則是在人類庇護廳學到了知識，但和包括惡魔族在內的其他種族的交戰經驗卻是壓倒性地匱乏。在定下以擊敗冥帝為作戰目的的時間點上，自己所要面對的難度恐怕遠在希德之上。

「不過——」

「凱伊有我跟著呀。」

有人願意協助自己。

在凱伊說出這句話前，身旁的鈴娜便舉起了手。

「因為我很強呀，而且凱伊應該沒問題的，他既然能用劍防住我的法術，那就算被惡魔包圍應該也不用擔心才對。」

我的法術——

這個說溜嘴的部分雖然讓凱伊捏了把冷汗，但貞德和花琳都沒有對此投以疑問。她們大概只顧著消化剛才的話語，對法術這個單詞僅是當成一時口誤吧。

「大致上就如鈴娜所言。要是我們打不過，就立刻鳴金收兵吧。最理想的狀況是由我和鈴娜打敗冥帝，而就算作戰失敗，也不會讓人類反旗軍有太大的損失。」

「……可是。」

「貞德，我有機會贏的。人類並不比惡魔低劣。」

先知希德證明了此事。

而這唯有知曉這段歷史的自己才能達成。

「好處呢？」

花琳輕聲說道。

「我不明白你甘願如此犯險的動機。為了人類特區的存亡，僅憑兩人之力挑戰冥帝——我不認為這個過程會產生符合其風險的利益。」

「……只是出自我自私的理由罷了。」

他無意識地自嘲一笑。

「我在這個世界是『不存在』的人類。所以反過來說，這個世界變得再悽慘也與我無關，我沒有插手的理由。」

「所以呢？」

「**會被這樣認為也是無可奈何**……不過！」

在無意識之中，凱伊握緊了自己的雙拳。

「即使莎琪和阿修蘭似乎都把我忘了，但我還記得他們，對我來說，他們都是我重要的夥伴。還有，貞德，妳雖然不怎麼相信，但我們是好多年的老交情了。看過這些人在這種無力回天的狀況下拚命戰鬥的模樣，若還要我一個人轉身離去……我不願意啊。」

姑且假設自己有辦法回到原本記得的世界吧。

假設自己能在和平的世界與莎琪、阿修蘭和貞德重逢。

……我……

……該拿什麼臉去見在這個世界裡被我棄之不顧的你們？

若是在這裡轉身離開。

那就等於是背叛了在人類庇護廳一同度日的夥伴。

「所以我**也**會去做。我並不是孤軍奮戰，而是因為你們願意挺身一戰，我才會跟著參戰的。」

「————這樣啊。」

女護衛沉默下來。

「還有，貞德，我想拜託人類反旗軍一件事。」

「你說說看。」

「我和鈴娜會前去挑戰冥帝，在開打的這段期間，我希望你們能引開其他的惡魔。具體來說，我希望能出動人類反旗軍攻進王都。」

將全軍集中，進攻王都。

在抵達冥帝凡妮沙的巢穴——政府宮殿時，凱伊和鈴娜會脫離隊伍。趁著兩人潛入敵營之際，人類反旗軍將會包圍政府宮殿大肆開火，藉以誘敵。

「惡魔族最棘手的部分在於數量眾多，雖然不曉得烏爾札聯邦全土究竟有幾萬隻……但我認為待在王都的惡魔並不會太多才是。」

「為什麼呢？」

「因為惡魔完全沒把人類放在眼裡啊。惡魔視為敵人的是剩下的三種族，換句話說就是支配大陸南方、東方和西方的聖靈族、蠻神族和幻獸族。和人類的叛亂相比，這些種族入侵的危險度還要高上一億倍吧？」

既是如此，那冥帝凡妮沙究竟會如何配置戰力呢？

答案是配置在烏爾札聯邦的國界線上。為了牽制敵對種族，她肯定會盡可能地安排部下守在國界線附近吧。

「就王都的地形來看，政府宮殿四周也不可能有讓幾百隻惡魔來回飛舞的空間。大概只會有幾十隻在附近走動，就算叫來同伴，頂多也只會有數十隻之譜。」

是這樣對吧——他對著鈴娜投以視線，而鈴娜也察覺到他的意思點了點頭。

雖說這只是推測，卻是以鈴娜與冥帝交手時的記憶為據，盡可能地推導出來的數字。

……惡魔的英雄對自己的實力抱持絕對的自信。

……安置在政府宮殿大樓裡的部下，肯定也都是心腹層級的。

大樓內部的數量不滿一百。

不過，安置在該處的部下，肯定每個都是高階惡魔吧。

「所以，才會要讓人類反旗軍包圍政府宮殿啊。讓軍隊擺出陣形，阻擋惡魔進入大樓……雖然要視實際狀況而定，但要拖上幾個小時應該是絕對沒問題的。只是……」

原本那種像是在評估價值般的態度已經煙消雲散。

貞德以指揮官的身分斂起表情，以真誠的態度說道：

「王都可是很廣大的。若是派出人類反旗軍的全軍，就會在抵達王都的同時被哨兵察覺，恐怕會在到達政府宮殿之前就受到妨礙——」

「有辦法從地底下入侵。」

「……花琳？」

身為護衛的女傭兵，在主君愕然的注視下來到了圓桌旁。

她伸手指向王都烏爾札克的放大地圖。

「政府宮殿的背側，設有王家用來逃難的專用地鐵站(私人車站)，別說是惡魔了，就連一般人類也不曉得其存在。」

「…………妳說什麼？」

「這座專用地鐵站的鐵軌從地底與整個烏爾札聯邦相連。這個總部也和距離最近的廢棄車站相通。」

「妳是說，只要走那條路線，就能直接抵達政府宮殿門口？」

「是的。雖然戰車無法行駛，但裝甲車尚能跑在這條路線上。」

「我懂了。不過花琳，妳為什麼瞞著這件事沒說？若是有通往王都的捷徑，那對於人類反旗軍來說應當會是重要的作戰資源吧？」

主君的語氣之中帶著些許斥責之意。

對此，以守護主君為職責的女護衛，極其難得地露出了苦笑。

「利用廢棄的專用地鐵站突擊政府宮殿的作戰，其實早在十五年前便已立案，立案者正是前任大人。」

「父親大人立案的？」

「是的。但當時並不存在擊敗冥帝的手段。前任大人判斷就算投入人類反旗軍的所有士兵也無法將之擊敗，所以放棄了這項計畫。」

這項作戰僅能實行一次。

一旦被惡魔得知專用地鐵站的存在，同樣的作戰就起不了作用了。

「前任大人慎重地等待時機，打算等到找出擊敗冥帝的手段為止。」

「……到這裡為止我還能明白。但他為什麼不說？在父親大人退役時，他沒將這項作戰計畫告訴身為女兒的我，豈不是很不自然嗎？」

「不就是因為**妳是他的女兒**嗎？」

孩子不懂父母心。

看到貞德愣愣地回頭望來，凱伊聳了聳肩說道：

「突擊政府宮殿挑戰冥帝——有哪個父母會將如此不要命的作戰讓女兒親手實行的？我想伯父他原本是想親自執行這個作戰吧。」

「唔！」

「正是如此。附帶一提，前任大人曾交代過，他會等貞德大人滿二十歲後才會親口傳達此事。所以我違反了命令呢。」

「…………傻瓜。」

垂首的主君輕輕捶了一下隨從（花琳）的胸口。

這麼一個不經意的舉動究竟蘊含了多少情緒，就連凱伊也不明白。這應該是長年以主僕關係相繫的兩人所培育出來的默契吧。

「那麼貞德，妳打算怎麼做？」

「我要執行這個利用專用地鐵站突擊烏爾札政府宮殿的計畫。立刻召開作戰會議。」

烏爾札人類反旗軍的指揮官抬起臉龐。

她下定決心的速度之快，讓凱伊和鈴娜都懷疑自己是不是聽錯了。

「妳的決定下得可真快啊？」

「因為有大前提存在呀，要是舉棋不定，新維夏就要遭到襲擊了……無論如何，我都得守下人類特區，因為這就是靈光騎士應盡的義務嘛。」

青梅竹馬的神情已不復存。

在凱伊和鈴娜的靜觀下，貞德將放下的頭髮盤了起來。

「——上吧。這是向惡魔英雄所下的戰帖，我們要奪回烏爾札聯邦。」

靈光騎士貞德以有力的口吻這麼宣布。

World.5

Chapter: 天魔與少年

Phy Sew lu, ele tis Es feo r-delis uc l.

1

王都烏爾札克。

占據了大陸北部的泱泱大國——烏爾札聯邦的王都，在凱伊所知的正史世界裡，是自動機械化相當發達的都市之一。

高樓大廈的玻璃窗反射著天空的湛藍，綠色的行道樹也修剪成骰子般的美麗圖案。

而地標莫過於烏爾札政府宮殿。

那矗立的雙塔型高層建築物——其外型依然是歷歷在目。

「在白天時，政府宮殿的玻璃窗會全數映照出天空的藍色，而在黃昏時分則是會反射出夕陽的紅，那都是相當美麗的光景。」

主車站的地下鐵路——

這裡是充斥著土味和霉味的地底隧道。凱伊聽著數十臺裝甲車在黑暗軌道上奔馳的聲響，繼續開口說道：

「……但似乎是沒有時間好好觀賞這裡的政府宮殿就是了。」

「由於惡魔在空中飛翔的關係，就連無人偵察機都無法靠近。關於現在的政府宮殿究竟變成什麼類型的鬼屋這點，就只能當作展開突擊作戰後的驚喜啦。」

駕駛座上的阿修蘭苦笑道。

「還真是嚇了我一跳，想不到烏爾札王的專用地鐵站，居然和這條已經荒廢的地鐵聯繫在一起。換句話說，這邊可以直通政府宮殿吧？」

「是吧——而且花琳大人昨天不也親自徒步探勘了一趟嗎？」

莎琪嚼著口香糖回話。

不過她沒坐在平時的副駕駛座上，今天的她坐在後座。

「我們要走這條通道強襲政府宮殿，然後打倒惡魔的老大，作戰就告一段落了。」

「是這樣說沒錯啦。」

駕駛座上的阿修蘭透過後照鏡瞥了一下莎琪——

看著自己的同事緊抓著坐在她身旁的鈴娜的模樣。

「是說妳喔，為什麼要抓著鈴娜不放啊？」

「因為我超怕的呀！」

莎琪坦然地——但以不至於讓其他人聽見的音量回應阿修蘭。

「從各個角落召來人類反旗軍的士兵占據政府宮殿，拯救被關在地下的俘虜。只要奇襲本身成功，要得手並不難呢。」

「是啊，這可是我們展露本領的機會。」

「再來是政府宮殿十樓的大廳。貞德大人會和親衛隊在此拖住冥帝的心腹。雖然是危險的任務，但我相信貞德大人和花琳大人一定能馬到成功。只不過，如果要說這項計畫唯一的不安之處……」

「說說看啊。」

「為什麼咱們會被選為打倒冥帝的突擊班啦——？」

「……哇？」

鈴娜之所以發出驚呼，想必是沒料到居然會被人類（莎琪）抱住而產生的動搖之情吧。

「莎琪，原來妳有找女人抱的興趣啊。」

「管他是男是女，就算只是個布偶，人家也想抱啦！」

莎琪哭喪著臉說道。

「這實在太沒道理了！就只有四個人而已耶！除了凱伊和鈴娜之外，人家和阿修蘭則是負責支援的成員……但是期待我們四個人能做到什麼事啦！要是過程中被惡魔發現的話……啊……爸爸、媽媽，女兒恐怕沒辦法在今年冬天活著回老家了……」

莎琪血色盡失地閉上雙眼。

這時，一隻手輕輕撫摸起她的頭頂。

「……鈴娜？」

「心情有好一點了嗎？」

鈴娜在為人類打氣？

就連副駕駛座上的凱伊也不禁凝望起兩人的互動。

「因為我聽說……妳以前是凱伊的朋友，所以才特別這麼做的。我才不對其他的人類這麼做呢。」

不過她似乎還是有些抗拒。鈴娜撫摸莎琪頭頂的動作，看起來就像是伸手去摸比自己身形更大的犬隻的小孩子，顯得有些僵硬。

「別擔心，莎琪，我很強的。只要不是冥帝，我應該都不會輸。」

「是……是這樣嗎，好厲害呀……可是最重要的冥帝呢？」

「────」

「這股沉默是怎麼回事啦？」

「放心吧。在被逼到絕境時，我就會為了幫助凱伊而和冥帝一起自爆，就算得同歸於盡，我也會打倒她的。」

「別衝動呀！」

莎琪慌慌張張地從抱著自己的鈴娜身上抽開。

「是說凱伊！我昨天也問了好多次了，但你還真是老神在在耶？就我們四個人而已耶……」

「是啊。不如說，成員不能再增加了。」

僅由四人構成的突擊班——這是多次研議後得出的結論。

與冥帝的戰鬥由凱伊和鈴娜負責，而若是要支援他倆，就只能交由整個人類反旗軍中最熟悉凱伊個性的這兩人而已了。

「……不過阿修蘭，你看起來還真冷靜耶？」

「我才不冷靜咧。妳知不知道我握方向盤的手抖得有多嚴重啊？」

對於莎琪的話語，坐在駕駛座上的同事嘆著氣回應。

——作戰是在三天前敲定的。

在圓桌的幹部承認這起作戰後，莎琪和阿修蘭是在前天晚上才得知自己的任務。對兩人來說，這是一樁讓人靜不下心來的緊急任務。

「阿修蘭，新維夏的狀況如何？」

「就晨間聯絡的狀況來說，目前還是平安無事。那邊的平安與否就真的是全看冥帝的心情好壞了。」

阿修蘭再次以發抖的手握上方向盤。

「是說，莎琪，我之所以會勉強自己握住方向盤，為的全都是功與名喔。只要能打倒那群惡魔，我們就會被整個世界誇讚不已。我想被稱讚，也想獲得豐厚的酬金，想在這個已經沒救的世界裡過得更好一點……只要能這樣，我就很開心了。」

「……阿修蘭……」

凱伊望著他開車的側臉。

「你比我所知道的那個世界的阿修蘭更有骨氣呢。」

「啥？我就說你講的那些怪話我全都聽不懂啦……」

「我期待你的表現。對了，鈴娜。」

他再次回頭看向後座。

「因為這很重要，我得在這裡和妳再次確認。我們這麼多人抄暗道入侵，真的不會被惡魔察覺對吧？」

「嗯。因為人類沒有法力，所以惡魔無從察覺喔。」

如果對上的是擁有強大嗅覺的幻獸族，那這樣的潛入作戰一下就會曝光了。

但惡魔族雖然擅長感應法力，其他感官的能力卻與人類差不了多少，所以牠們根本無法感應到潛藏在地下的這批人類。

「那就依照計畫前進吧。」

「不不——看來已經抵達目的地了。再來就是敲響地獄之門的時間了。」

阿修蘭以乾澀的口吻說道。

他以下頷比了一下，只見前方的車輛正慢慢減速下來。

「……看來是時候了呢。」

坐在後座的莎琪，將手伸向豎在座位上的榴彈槍。

王都烏爾札克的中心地帶。這條地鐵路線的上方有著通往專用地鐵站的暗門。一旦暗門開啟，政府宮殿就近在眼前了。

『敬告烏爾札人類反旗軍集合在此的同志。』

裝甲車全數停了下來。

想必是靈光騎士貞德的聲音透過分發給所有士兵的通訊機傳來的關係吧。

『首先，我要感謝眾人願意相信我，一同隨我抵達此地。諸位的忠誠和勇氣無疑是人類至今的希望之光。』

聲音一層疊著一層。

在僅有車頭燈照亮的地下道裡，指揮官的聲音不斷迴盪著。

『本次作戰僅花了三天的時間籌備，想必其中也有人為此感到不安吧……不過，還希望各位仔細回想，我們至今究竟已經抗戰了多少個年頭？』

每個人都渾然忘我地聆聽。

『若要回顧起反抗強大惡魔的歷史，那不知能追溯到多麼遠古的時代。我們就是撐過了這麼多個年頭，而我認為，這一切都是為了「今天」而做的準備。』

烏爾札人類反旗軍的指揮官宣言：

『我們養精蓄銳，培養了極其飽滿的鬥志。差不多該讓牠們知曉我等的厲害了，現在正是反擊的時候——諸位，從這黑暗的地底向上爬吧。』

若這是承平時期所發表的演說。

此時肯定會激起一陣足以搖撼場地的拍手與歡呼聲吧。

……但現在才正要開始。

……若是在地底高聲喝采卻引發地表惡魔的注意，那可就是得不償失了。

每個人都充分明白了這一點。

所以，所有的傭兵並沒有拍手，而是扛起自身的槍枝作為回應。

『出征吧。』

「鈴娜、莎琪、阿修蘭——走吧，按照計畫往上衝！」

貞德發出號令。

與此同時，凱伊從裝甲車上跳了下來。

——目標是地表。

他穿過了幾十名位於前方車陣處的士兵，衝向軌道的深處。本該阻擋在前方的牆壁已然遭到撤去，眼前是一片由美麗磁磚鋪設而成的通道。

「凱伊，這就是專用地鐵站嗎？」

「大概吧。鈴娜，別離開我身邊……好像不用特別提醒啊。」

他扛著亞龍爪疾奔。

雖然他是經歷了多年訓練，才能在帶槍的同時不讓跑步的速度有絲毫降低，但鈴娜卻一派輕鬆地跑在他的身側。問題反倒是出在後面的兩人身上。

「等……等等，你們跑太快了啦！」

「凱伊，等等啦！你為什麼帶槍跑還能跑得那麼快啦！」

「……吶，凱伊，不能讓我抱著那兩個人飛嗎？這樣會快很多喔。」

「當成最後手段吧。翅膀也先藏好。」

除非狀況危急，不然鈴娜的真實身分還是得向人類反旗軍保密。

不過凱伊交代過，在突擊班——也就是凱伊、莎琪、阿修蘭和鈴娜自身有生命危險時就該放手施展法術。

「有了，是電扶梯。莎琪、阿修蘭，我們從這裡前往地表。」

那是一座布滿塵埃的電扶梯。

他一鼓作氣地衝上斷電已有數十年之久的電扶梯，從地下二十公尺處直奔專用地鐵站的地表出口。

「凱伊，往這裡走。」

「貞德，讓妳久等了。」

陽光自天花板的裂縫投射而下。

在逆光的照耀下，貞德和親衛隊於焉現身。而護衛花琳則是稍稍打開了架設在天花板上的門扉，窺探地表的模樣。

「花琳，政府宮殿門口的狀況如何？」

「有三隻惡魔，但應該只是湊巧經過的，不成問題。」

「和預測的一樣啊。牠們完全沒想過人類攻入政府宮殿的可能性吧。」

靈光騎士舉起了一隻手。

周遭頓時安靜下來。讓人發寒的寂靜籠罩這一帶，而在餘韻散去後——

「——上吧！」

爆炸。

設置完畢的大量聚能炸藥，將專用地鐵站的天花板和通往地表的門扉炸了個粉碎。地表開出一個大洞，裊裊黑煙從中竄升。

「走吧。」

凱伊攀著布滿煤灰和沙塵的天花板，衝出了地表。

天空被烏雲籠罩著。

像是在反射這天空的顏色一般，染成了暗褐色的巨大建築物矗立在眼前。

——烏爾札政府宮殿。

「就是這裡嗎……？」

被惡魔占據的王都的最高大樓。

雙塔型建築物的其中一座高塔被攔腰折斷。玻璃窗悉數碎裂，牆面也留下了不忍卒睹的蛛網狀裂痕。

『人類？』

在通往政府宮殿的大階梯上。

漆黑的龐然大物目擊到從黑煙中竄出的凱伊，放聲吼道。

那與他在第九主車站遇見的同屬古代魔種——生有彎曲雙角和漆黑翅膀的惡魔。牠們不像雕像魔那般擁有弱點，仗恃著強大的法力施展各種法術。

「有什麼好大驚小怪的。」

他手持亞龍爪，一口氣衝上階梯上的轉角。

「這裡原本歸人類所有，不需要吃驚啊。」

『冰凍吧！』

暗色圓環張開，從中吹出了凍骨寒風。

階梯的扶手瞬間化為冰柱，階梯也覆上一層薄冰，冰之藤蔓則是貼地蔓生。而在腳跟被觸手抓住前，凱伊跳上了半空。

「我知道這個法術。」

來源是人類庇護廳保管的戰鬥影片。對於那些過去曾在人類面前施展過的法術，凱伊將所有的效果和威力全牢記在腦海裡頭。

『你這傢伙——！』

「接招吧。」

他對準惡魔企圖施展下一個法術而伸出的手臂，揮下亞龍爪的刀鋒。

略式亞龍彈——炸開的爆焰包覆了古代魔。不過，悲鳴卻從凱伊的身後傳來。

「凱伊，上面！有一群雕像魔！」

莎琪指向他的頭頂上方。

二十層樓高的政府宮殿的屋頂上裝飾著大量的石像——這時候，那些石像攤開了背上的翅膀，發出了怪叫聲在天空飛舞。

「看來是不讓我們乖乖入侵啊……」

「該怎麼辦？不能把時間浪費在這裡吧？」

「直接把牠們一網打盡。」

他舉起冒著少許白煙的亞龍爪。

「降雷彈。」

大地電流乍現。如標槍般的數十道雷擊自地面射出，一一打落了飛翔的雕像魔。

凱伊背對著這幅光景，將鞋尖對準政府宮殿的入口。

「太強了吧？喂，凱伊，那是什麼招式啊！」

「是在我的世界製造的對群體子彈，因為是壓箱寶，所以彈數有限。」

「什麼嘛，有這麼厲害的子彈就早說呀！」

「……也是啊。」

莎琪和阿修蘭就不用說了，自後頭跟上的貞德的主力部隊也沒有人察覺到異狀。

——沒察覺在凱伊的背後露出得意模樣的鈴娜。

她以得意的神情頻頻投來視線，應該是在表示「晚點要誇我喔？」的意思吧。

並沒有降雷彈這種子彈。剛才那波攻勢的真面目，是鈴娜配合凱伊的宣言所放出的法術。只要說那是略式精靈彈的變形，應該就不會有人懷疑了吧。

「很順利啊。」

身穿銀色盔甲的貞德，從後方追了上來。

「穿著這盔甲跑步不累嗎？」

「這盔甲做過極端輕量化的改造，所以不成問題——所有人就定位！」

貞德率領的人類反旗軍第一陣衝入了一樓入口。

第二陣接著架設起將大樓團團包圍的障礙物。如此一來，惡魔就無法進入政府宮殿了。

「真是有趣的子彈啊。」

高挑的女傭兵跑在衝往入口的凱伊身側。

花琳雙手握著偃月刀——一種罕見的曲刀，壓低聲音說道。

「能擊發出廣範圍的雷擊，威力可真大呢。」

「是我這把槍刀的壓箱寶。」

「**明明沒扣下扳機**。雖然按到一半，卻在途中停止了。那樣應該射不出子彈吧？」

「————」

「是那個叫鈴娜的女孩嗎？難怪初次見面時，我就覺得她的氣息不太尋常。」

被看到了？

從那麼遙遠的後方——在眾人理當將視線投向上空的雕像魔的那一刻，就只有這名女護衛注視著凱伊的手邊。

視力固然是出類拔萃，但她的直覺才更讓人感到恐懼。

「我只有一個問題要問你。你說過要和那個女孩一同挑戰冥帝，應該沒有撤回這句話的意思吧？」

「沒有。」

「我明白了。」

我沒打算多問——花琳像是要表達這樣的意思似的，追著主君揚長而去。

……果然厲害。這就是一路與惡魔戰鬥過來的沙場老將嗎？

……也難怪會被貞德點名啊。

指揮官和護衛跑在最前方，而跟在她們身後的數十名士兵則是在一樓的大廳止步。人類反旗軍的部隊的任務，是在這裡迎戰惡魔。

「隊長，交給你了。」

「遵命！」

貞德的親衛隊背對敬禮的部下，朝著逃生梯向上疾奔。凱伊加快腳步，從後頭追到了貞德的正後方。

「貞德，走這裡是對的嗎？」

「沒錯。中央的電梯和階梯太惹人注目了，從逃生梯迂迴才是正解。」

「……的確，幾乎沒感受到惡魔的氣息啊。」

一行人從三樓跑至四樓，再從四樓衝上五樓。

凱伊等人以頂樓為目標。

另一方面，貞德和親衛隊的目的地，則是政府宮殿的中間樓層——十樓。

照著這股勢頭，應該在幾分鐘內就能抵達了吧。不過，這靜得出奇的氣氛卻讓凱伊感到不寒而慄，這會是他的錯覺嗎？

「鈴娜，狀況如何？」

「沒事喔，我沒有感應到強大的法力。但再怎麼說還是有點奇怪耶，照和我交手時的凡妮沙的個性，她肯定會有所應對……」

跳踩樓梯的鈴娜一邊往上衝，一邊抬起臉龐。

她的視線停留在半空中的一點。

「凱伊，那邊！」

「小惡魔？」

體長約為數十公分大的嬌小惡魔，在空中凝視著己方。

正如其身材所示，小惡魔的肉體相當脆弱，法力也是微乎其微，能施展的法術僅有一種而已。

然而，凱伊知道那種法術有時會帶來「最糟」的局面。

「不妙……貞德，快一點！**要來了！**」

轉移咒法。

只有惡魔才能使用的術式——一隻小惡魔可以「叫來一隻比自己更為強大的惡魔」。

暗色圓環在逃生梯的牆上顯現。

劈哩——在聽到牆壁傳來崩裂聲響的同時，凱伊和鈴娜同時從五樓的拐角處跳上了六樓的階梯。

然後，牆壁被打碎了。

政府宮殿的厚實水泥牆遭到破壞，一隻粗如圓木的手臂穿了出來。

「巨大惡魔？」

那是有著巨人種般的龐大身軀，加上擁有強大法力的高階惡魔。

牠的手臂一伸，一把抓住了站在貞德背後的其中一名親衛隊員。

「嗚……嗚啊啊啊啊啊啊啊啊——————！」

充滿恐懼的慘叫聲。

巨大惡魔手掌使力，打算像捏死蟲子般擰碎手中的傭兵——就在這一剎那。

「遲鈍。」

巨大手臂的指尖消失了。

原本被抓住的傭兵直接從手掌中滑落下來。拎住後頸托住他的，是站在牆壁通風管上頭的花琳。

『————人類！』

巨大惡魔的咆哮響徹四周。

花琳冷冷一笑，舉起右手。甫將惡魔手指斬斷的偃月刀刀尖，這回對準了牠的脖子。

「貞德大人，請往上移步。」

「花琳！」

「對方有著厚實的皮膚和強韌的肉體，是槍枝無法發揮功效的對手。雖然離開您身邊出乎預期，但這裡就由我來處理。」

她與身高將近十公尺的怪物互瞪著。

「不過就是尊木偶罷了，我會在盡快收拾後跟上，請您放心。」

「……我在十樓等妳。」

靈光騎士和親衛隊的軍靴聲再次迴盪起來。

破壞的悶響自下方樓層接連傳來。這不只是花琳和巨大惡魔的戰鬥所發出的聲響，一樓的人類反旗軍也開始和惡魔爆發了衝突。

從七樓前往八樓，再從八樓衝上九樓。

無言地往上爬的貞德，驀地側首瞥向身後的凱伊。

「我就先說了，你完全沒有擔心指揮官安危的必要。」

「唔。」

內心的不安被她完全看透了。

在護衛花琳戰鬥的期間，讓貞德在十樓與冥帝的心腹交手實在太過危險——而這正是凱伊剛剛才萌生的想法。

「我們會在這一層盡情大鬧一番。不管是我本人還是親衛隊，都會自己保護自己。」

「……在護衛不在的狀況下？」

「那是當然。身為指揮官，自然得表現得比任何人都勇猛果敢！」

貞德的腳尖用力地蹬了一下。

她以宛如浮空般的身手朝著十樓跳去。她沒等待凱伊和親衛隊，直接順著通道來到大廳。

「等等，貞德！」

那橫衝直撞的作風與指揮官格格不入——至少凱伊是這麼認為的。

要是前方有惡魔埋伏，這等同是在歡迎對方以法術打招呼。明明有親衛隊的存在，指揮官卻執意首當其衝，這實在是太不合理了。

「凱伊。」

貼在他身後的鈴娜睜大雙眼。

「——有強大的法力。那邊很危險！」

「貞德，快停下來！」

靈光騎士踏入了大廳。

數十發濃紫色的雷擊隨之貫穿了她的全身。

足以和鈴娜的法術比肩的電光四射，撼動了整座大廳。人類的肉身挨上這麼一擊，下場可說是昭然若揭——因此，凱伊才懷疑起自己的雙眼。

「凱伊，你這樣還會感到不安嗎？」

雷擊平息了下來。法術的殘渣如細雪般飛揚四散，而身穿騎士凱假的指揮官正一派輕鬆地站在原地。

「……是精靈的靈裝嗎？」

「好眼力。」

聽到鈴娜發出的驚呼聲，靈光騎士對她眨了一下單眼。

「這是與幻獸族交戰時，自精靈鄉奪來的『靈光之衣』，是一件在法術抗性方面無出其右的寶物。」

強大法術乃是惡魔象徵。

而能不為所懼地挺身面對的姿態，儼然就是為烏爾札聯邦帶來解放的騎士。

「去吧。」

大廳深處爬出了一隻生有四臂的古代魔，貞德在與之對峙的同時，伸手指向通道的另一端。

「既然部下現身，就差不多等於冥帝承認自己就在那上頭了。說要打倒她的人不是你嗎，凱伊？」

「——這邊就拜託了。」

他轉身背向貞德和親衛隊。

凱伊退回逃生梯，朝著上層邁步衝出。

「莎琪、阿修蘭，把這個戴在手臂上。這有著光學迷彩的機能，只要戴著就不會被惡魔察覺。」

他將臂章扔給身後的兩人。

「是這樣沒錯吧，鈴娜？」

「嗯，因為是天使的結界法術……不對，是人類模仿天使結界造出來的東西。」

這也是鈴娜的法術。

這得以讓施術者（鈴娜）周遭的人物和法力隱蔽起來。雖然對坐擁嗅覺優秀的龍族的幻獸族來說效果不佳，但對惡魔族和聖靈族便有著完美的阻絕效果。

「莎琪、阿修蘭，別離我和鈴娜太遠。就算只分開了幾公尺遠，臂章上的光學迷彩也會立刻失效。」

十五樓、十六樓——然後在十七樓緊急煞車。

他們踏上通道，躡手躡腳地朝著最北端前進。

「喂，莎琪，是這裡對吧？」

「要看三十年前的大樓平面圖有沒有寫錯啦。」

莎琪緊握著地圖，而同事（阿修蘭）則是貼著她悄悄行進。

燈光大放光明。

地板被打磨得十分光亮，若是低頭看去，便能映照出自己的臉孔。

和廢墟般的大樓外觀恰成對比，建築物的內部還是保持著宮殿通道般的美輪美奐。不僅保留了奢華的氛圍，機能也依舊能夠運作，怎麼看都不像是惡魔的巢穴。

「……雖然這麼說有點晚了，但貞德的預測是對的。原來大樓的特定區域還是有電力的啊。」

電力光源照亮了樓層。

不僅如此，明明不會有乘客，但電梯也沒有斷電。

「發電設備還能用。既然惡魔沒有維護的本事，那麼應該就是被抓到這裡的人類(奴隸)代勞的吧。據說會派出分隊營救他們就是了。」

阿修蘭手握著機關槍前進。

「是說，凱伊，我們要占領供電室……唔……這……這是什麼啊？」

轟——一陣殺氣騰騰的鳴動聲傳來。

是貞德他們在下方進行的戰鬥嗎？但鳴動聲卻沒有收斂的跡象。咚轟、咚轟……聲響像是有意識似的，正朝著眾人的方向接近。

那是隻占據了通道的龐然大物。讓人聯想到犀牛的怪物拐了個彎，露出全身的樣貌。

魔獸賈巴沃克。

那是擁有強大法力的巨獸惡魔，牠像是在誇示那根彎曲的獨角般縮起頭部，隨著地鳴逐步接近。

「～～～～～～～～～嗚？」

「等等，莎琪。」

鈴娜及時叫住了險些按下榴彈槍扳機的少女。

「沒事。我們還沒被牠發現。」

「……真……真的嗎？」

「要是被察覺到，牠早就衝過來了。只要待在通道邊上，牠就會穿過我們的。」

他們緊貼在牆上，停下腳步。

如同巨象般的怪物發出地鳴，自眾人眼前經過。即使知道怪物沒有看到己方的身影，這仍是讓人背脊發涼的恐怖體驗。

「真不愧是冥帝的巢穴，那種東西居然以一副理所當然的姿態四下徘徊……」

魔獸（賈巴沃克）在下一個轉角拐了彎。在確認腳步聲逐漸遠離後，眾人再次邁步。他們前進的方向，正是魔獸方才行經之處。

——**供電室**。

一闖入有好幾座蒙上薄塵的大型機械的房間後，他們立刻關上了門。

「哎喲……我這下少了三年壽命呢。」

抱著榴彈槍的少女鐵青著臉頹靠牆壁。

「不過，咱們這下也抵達目的地了。阿修蘭，那邊就交給你了。」

「好啊。這種任務就是閉上眼睛也不會搞砸的啦。」

阿修蘭正低頭看著配電箱，而他手握的把手，則是用來關閉為政府宮殿全樓層供電的電路遮斷器。

只要將把手往下拉，就能停止整棟大樓的供電。

「這是用來撤退的。在打倒冥帝或是覺得打不過時，我就會阻斷電源，關掉大樓的照明，然後趁著惡魔動搖時抽身。是這樣對吧，凱伊？」

「嗯。」

「是啊，我會給你信號的。」

「我會在最棒的時間點秀一手給你看的。就只是拉下把手罷了……喏，可以吧？」

回答的是站在門前的鈴娜。

「我和凱伊要出發了，你們就在這裡等吧。我想只要乖乖待著，惡魔也不會想到會有人跑到這麼深入的地方。」

「別逞強啊。我和莎琪只想對你們說這句話。」

原本是同事的兩人以手背觸碰額頭。在人類反旗軍敬禮的送行下，凱伊和鈴娜穿過了供電室的門扉。

再次回到十七樓的通道。

……這棟大樓有二十層樓。而烏爾札王的辦公室也位在二十樓。

……冥帝凡妮沙如果在，八成會待在那裡吧。

他嚥了口口水按住胸口。待怦怦狂跳的心臟鎮靜下來後，凱伊轉頭看向鈴娜。

「謝謝妳，鈴娜。應該很難受吧？」

「嗯？」

「和我之外的人類待在一起，讓妳很不開心吧？在抵達這裡之前，人類反旗軍的傭兵多如山高，而且莎琪和阿修蘭也一直待在身邊。」

「……只要能得到凱伊的誇讚，我就能忍耐喔。」

她有些害臊地回答。

她將兩手大大地攤開——隨著後方的頭髮揚起，一對天魔翅膀一鼓作氣地鑽了出來。

「嗯，我果然還是要這樣才能出全力呢。」

「那就走吧。」

他從轉角窺探通道的狀況。沒有惡魔也沒有魔獸，就算真的有敵人存在，也有鈴娜的遮蔽術式能發揮作用。只要沒出什麼意外，就不會被發現了。

而在踏出腳步的瞬間——

警鈴聲劇烈大作。

那是告知有入侵者的鐘聲。

在這樣的狀況下，身為入侵者的確實是他倆無誤。

「怎麼會？我的結界居然失效了？」

「這是……監視設備還有在運作嗎！」

鈴娜的法術乃是利用光影折射形成的光學迷彩。

就像瞞不過幻獸族的嗅覺那般，這對於能以紅外線偵測體溫的機器也是無所遁形。偵測裝置想必是在這裡啟動了吧。雖然明白緣由，但對凱伊來說最出乎意料的，還是紅外線偵測裝置仍在運作的事實。

……監視設備是高機械文明的產物。

……若是沒有技師維護，只要過幾個月就無法運作了。

而**在魔獸通過時沒有啟動**這一點也讓他感到在意。

『人類的小把戲偶爾也會派上用場。』

唰——

宛如被扔入流冰海的惡寒，自頭頂一路衝到了腳底。

『監視設備（這個）會對熱能有反應對吧？即使是能穿透牆壁的聖靈族或是能籠罩在結界之中的天使，都能用這個裝置加以識破。但抓到人類倒是出乎意料啊。』

隨著駭人聽聞的「滋滋」一聲。

天花板像是被加熱的奶油般融解開來。原本是天花板的水泥化為灰色水滴垂落，一隻古代魔則從這大開的洞口跳了下來。

「……凱伊。」

鈴娜的話聲發顫。這是凱伊認識她至今，首次在面對惡魔族時露出的反應。

「這隻惡魔說不定很不妙。」

「是啊，光是看上一眼就能知道牠真的很不妙。」

自全身上下溢出的灰色瘴氣，說明了這隻惡魔有多強大。

『**那對翅膀是什麼東西**？』

古代魔凝視起鈴娜的翅膀。

『之所以能將人類引導至此，是因為妳的法術吧。而那對翅膀是天使？不對，莫名混雜著我族的味道……妳是什麼來頭？這如此混沌的——』

「如果這麼愛說話，我倒想問你一句。」

凱伊邁出一步，將鈴娜藏到身後。

「學習小手段，特地改造了大樓的監視設備的，就是你嗎？」

『此乃凡妮沙陛下的大智慧。』

古代魔自豪地張開雙手。

『陛下說過，這座都市裡四處充斥著人類的監視機器，能藉此識破天使的結界和聖靈族的侵入，實乃人類的傑作，所以得好好利用一番。』

「…………」

『而讓這些機器由人類管理，便是最有效率的作法。』

固若金湯的要塞。

因此，惡魔族才會定居在王都烏爾札克。牠們會抓捕人類的技師，並讓他們持續維護監視設備。

『還有另一項消息。你們的入侵讓陛下大為欣喜。她表示：「為什麼會在這個節骨眼上做出這種自殺行為？這實在太有趣了，我對這些人有興趣。」』

「那能麻煩你帶我們去見冥帝嗎？」

『眼前有個好玩的玩具。』

惡魔全身噴出了瘴氣。

『沒有放過的理由。』

「哦，這樣啊！」

純白色的煙霧包覆了通道。

是煙霧手榴彈——凱伊扔出的手榴彈破開，遮住了正要施法的惡魔視線。

『————咕……這是什麼……？』

「第一次看到煙霧彈啊？但要不是在大樓內部，惡魔應該也不會中招才對。」

惡魔驚惶了一瞬間。

趁著這個破綻，凱伊朝著供電室的反方向衝了出去。在刺耳的警報聲環繞下，讓他發顫的殺氣也隨之增強。

「追過來了？鈴娜，光學迷彩呢？」

「……我太大意了，那傢伙對我的法術下了烙印。」

鈴娜咬著唇說道。

「不管躲在這棟大樓的何處，那傢伙都追得到我。」

「那就往上吧。」

兩人穿過走道回到逃生梯，從十七樓衝上十八樓，接著仰望通往十九樓的拐角處——結果讓凱伊睜大了雙眼。

熊熊燃燒的一片火牆。

鋼鐵階梯被火焰包覆，迸發出大量火星的光景就攤在眼前。

「這裡也有小惡魔嗎……！」

小惡魔被深紅色的火焰映出身形。

而且還不僅是一兩隻而已。無數法術圓環覆蓋了凱伊所仰望的半空，在轉移咒法下，高階惡魔的身影接連浮現。

……完全被搶先一步了。

……該怎麼辦？就算離開這裡，也會馬上遭到包圍。

逃生梯有兩處，就算有一邊被摧毀了，也還有另一座能用。

「往這裡！」

他握住鈴娜的手臂，打算掉頭就跑——

「不行，凱伊，危險！」

結果被她從身後推了一把。

失去了平衡的他向前一傾，在蹣跚踏步的同時，凱伊看到的是封住了通道的巨大冰塊。要是鈴娜沒發現，他就要被冰塊吞沒了。

然而，冰之柵欄卻已將兩人分隔開來。

「鈴娜？」

「……沒事，我不會有事的。」

與惡魔大軍對峙的少女，露出了堅強的側臉看了過來。

「去吧，凱伊。和我在一起的話會被追蹤的，你先到上面等我。我很快就會追上去的，然後就一起打敗凡妮沙吧。」

「可是……」

「求求你快走！」

最後的那句話，聽起來就宛如以慘叫聲發出的懇求。

……我知道。

……鈴娜所說的方式才是正確的。

包含貞德在內的人類反旗軍的傭兵，目前也在下方階層拖住惡魔的步伐，他可不能在這裡止步。

「——一定要追上來啊，就這麼說定了！」

他轉過身子。

凱伊握緊雙拳，甚至讓掌心刮出了血——他咬緊下唇蹬地衝了出去。

═══

人類少年凱伊・沙克拉・班特離去了。

自己並沒有被拋下，他並不是逃跑。他做過約定，是為了打倒上方的冥帝而跑的。

……是這樣吧，凱伊？

……你會相信我，在上面等我對吧？

鈴娜討厭一切。

一直都很討厭。

她討厭陰險的惡魔族。這是五種族之中侮辱其他種族最為過分的種族。

她討厭野蠻的幻獸族。這是五種族之中最為粗鄙粗魯的種族。
她討厭詭異的聖靈族。這是五種族之中最難以親近、理解的種族。
她討厭高傲的蠻神族。這是五種族之中最自傲、排他性最強的種族。
她討厭脆弱的人類族。這是五種族之中最弱也最膽小的種族。
然後。
她最討厭的，就是**混了全部種族血脈**的自己。
然而，他卻不是如此。
即使看到自己也不害怕。他沒有露出討厭的神情。不僅如此——
『暫時就先保持**這樣**吧，我會等妳平復下來的。』
他出手抱住了自己。
所以想和他在一起，想再次感受到他的體溫。
……凱伊，我討厭喔。
……要是在我抵達之前死掉，我會討厭你的。
她轉過身子。古代魔破壞了逃生梯出口現身，而牆壁和天花板也接連融解，各種形狀詭異的惡魔隨之現身。

在鈴娜面前的每一隻惡魔，都露出像是看到珍禽異獸般的模樣停下動作。

『好臭，是天使的臭味。』

『但也有惡魔的味道……？』

『不對，也有精靈的味道，還散發著矮人的臭味。』

『也有龍，還有聖靈族的氣味。』

『什麼？妳是什麼東西……？這深不見底的氣味和混合的法力……』

惡魔的殺氣節節攀昇。

「我才想問這個問題呢……我到底是什麼東西，快告訴我啊！」

她對上貼近的惡魔族。

鈴娜一一掃視過寄宿著強大法力的高階惡魔，繼續說道：

「連我自己都不曉得我是什麼東西，但我曉得一件事——那就是，我最討厭你們這些傢伙了！」

天魔之翼伸展開來。

鈴娜——這名少女所迸發的法力波動與各種種族的力量合而為一，蘊藏著獨一無二的光芒。

「我只想和凱伊在一起，要是敢妨礙，絕不饒過你們！」

3

政府宮殿，十樓。

四條手臂的古代魔的咆哮，震響了拱形的天花板。

『區區脆弱種……！』

惡魔的其中一條手臂粗如巨木——牠揮動那條握著柴刀的右臂，將親衛隊的傭兵砸向牆壁。而牠的全身上下正承受著機關槍的彈雨攻勢。

牠和雕像魔不同，並沒有不怕子彈的特性。

不過，纏繞在全身上下的法力化為瘴氣，讓子彈在命中之前腐蝕鋼鐵。子彈被削弱成僅有橡膠彈般的威力。

由於威力驟減，無法打穿惡魔的身體。而這時——

「喝！」

靈光騎士貞德長劍如鞭，撕裂了惡魔的手臂。

『……唔？』

「太淺了嗎。不過這附帶著天使的『天罰』術式，可別以為三兩下就能治好啊。」

『是天使的法具？』

貞德回劍斬去，但惡魔沒有躲避。牠對著斬落的劍刃伸出兩條手臂，以手掌握住了劍刃。

「唔！」

『太弱了。雖然有能揮舞天使法具的人類，但這力氣還是太弱了……真正的劍該這麼用才對！』

紅蓮之火在惡魔的掌心匯聚，柴刀般的法術之刃撕裂了盔甲，將貞德的身體燒成灰燼。

……理應是這樣才對。

但以法術製成的炎之劍卻消滅了。

在碰觸到貞德的瞬間，炎之刃身登時迸散開來，化為小火花消失殆盡。

『盔甲？不對，是**底下的衣服**嗎？那是**精靈的靈裝**！』

「察覺到啦。」

人類反旗軍的指揮官向後跳去。

盔甲被炎之劍劈開，從裂縫中可以看見一件薄薄的衣裳。那件衣服的厚度想必比紙張更薄，而抹消惡魔法術的，正是這件衣服的效果。

盔甲只是用來扮成男性所用。

貞德的真正防具，乃是穿在底下的薄衣。

——靈光戰衣。

這是精靈族的至寶之一，擁有最頂級的法術抗性。而這既是靈光騎士的象徵，也是對抗惡魔的王牌。

『居然自尋死路嗎，人類！』

「————」

她沒有加以回應，只是淡淡地說道：

「擬裝解除，『月之弩』啊。」

貞德的長劍發出光芒。

長劍被象徵天使法術的純白光芒包覆，外型產生變化，最後變成了被大量寶石裝飾的絕美長弓。

「劈開吧。」

法力之箭劈開大氣，擊中了古代魔。

巨大的身子撞上牆壁。而在確認狀況之前，貞德忽然衝上一股劇烈的暈眩感，單膝跪了下來。

「貞德大人！」

「……不成問題。隊長，去死守陣線！」

她對著打算湊近親衛隊長大聲一喝。在這段期間，瀑布般的汗水不斷從貞德的頰上滑落，那是看了讓人膽戰心驚的冰冷汗水。

「說是自尋死路是吧。」

靈光騎士咬緊牙關，挺著發抖的身子站了起來。

「**完全就是這回事呢**。要是沒做好這層覺悟，人類就贏不了惡魔！」

天使之弓和精靈的靈裝。

這些原本是擁有強大法力的精靈和天使才能使用的法具，不具備法力的人類一旦使用，就會在轉瞬間抽乾體力，就連生命都會為之透支。

——吞噬生命發出光芒的死亡之衣。

靈光騎士貞德總是在與死亡相鄰的情況下上場戰鬥。

人類反旗軍的傭兵全都知曉此事，正因為如此，他們才對貞德抱持著敬意。

「和與惡魔的英雄交手相比，這還算是輕鬆的……」

說是來自不同歷史世界的凱伊和鈴娜。

說實話，貞德還沒有全盤盡信凱伊的話語。究竟得出現什麼樣的奇蹟，才能讓人類走上自五種族大戰勝出的歷史？

然而，他（凱伊）卻說要證明給自己看。

挑戰惡魔的英雄。和他那無謀魯莽的舉動相比，穿上吞噬生命的靈裝實在是太輕鬆寫意了——因為這只要讓意志力撐過去就可以了。

「貞德大人！」

部下的慘叫聲驀地響起。

氣息從頭上傳來。

天花板發出巨響塌陷，一隻獵犬造型的魔獸撲了上來。凱爾貝羅斯——與那種傳說級魔獸外型相似的怪物，舉起了前腳爪。

那是帶有詛咒和猛烈毒性的爪子。其爪尖抓向貞德的腦袋。

「讓您久等了，吾主。」

而爪子突然一折，朝著虛空彎去。

「路上稍有阻滯，所以我邊收拾邊前進。」

偃月刀的刀刃一閃而過。

「……真是讓我捏了把冷汗。」

花琳——不屬於親衛隊或幹部管轄的貞德隨從。侍奉靈光騎士的護衛，在千鈞一髮之際趕上了。

『…………就是妳嗎……我有聽過妳的事……』

魔獸發出了渾濁的說話聲。

牠戒備地來回看著被打彎的前腳腳爪和花琳以雙手握持的偃月刀。

『據說有個強度超乎尋常的人類存在。就是妳嗎…………龍戰士！』

「大概吧。」

發出深紅光芒，帶有熱流的偃月刀——這玩意兒的真面目實乃亞龍之牙。

凱伊的槍刀「亞龍爪」僅是模仿其外型製作的武器。

但花琳所握持的則是真貨。由於是幻獸族四下肆虐的世界，才得以獲得最硬等級的鑄劍材料。

帶著龍之牙奔馳戰場，連惡魔族也為之膽寒的龍戰士。

「部下似乎在下方樓層支撐著。不過，能爭取的時間恐怕也有限。」

「……只能看頂層的戰況決定局面了嗎？」

「是的。那麼請貞德大人後撤，這裡由我出手。」

在快嘴回應後，烏爾札聯邦的最強戰士再次舉起了亞龍之牙。

4

烏爾札政府宮殿——二十樓。

在踏上最後一階後，凱伊吐出了有些疲憊的嘆息。

「總算到了嗎……」

終於來到頂樓。

趁著人類反旗軍全力拖住惡魔的期間，他總算來到了冥帝的老窩。

……惡魔的追蹤中斷了，沒有追上來的樣子。

……再來就是等鈴娜了。

為了讓凱伊逃走，鈴娜不惜以身犯險。

逃生梯在大樓的南北兩側各有一處。凱伊是從南側的通道上來，而鈴娜若是能突破惡魔的包圍，那就會從北側的樓梯現身。

「鈴娜……快來啊……」

已經做好要兩人一同打倒冥帝凡妮沙的約定了。

他從逃生梯裡踏出一步，來到二十樓的走道。

理應是如此才對。

「什麼？」

他的喉嚨無意識地擠出了驚呼聲。

這裡沒有通道也沒有牆壁。二十層的隔牆全都被破壞殆盡，讓整個樓層成了一間廣大的大廳。

而在這間大廳的中心處，凱伊看見了一名惡魔的身影。

在耀眼的照明底下，有著一張和散落在周遭的瓦礫顯得格格不入的豪華大椅——而惡魔就坐在這張過去的王座上頭。

冥帝凡妮沙就在那兒。

「人類，歡迎光臨。」

「…………妳是……」

「哎呀，別露出那麼僵硬的表情，這裡是朕的私人空間，畢竟就算有部下在，也只是徒增煩擾啊。」

惡魔的聲音不僅帶著無底的威嚴和詭譎，同時還帶著女性的嫵媚。

夢魔——

她有著美麗的相貌。攤在背後的黑髮反射著燈光，散發著嬌媚的紫色；深紅色的眸子和嘴唇帶著妖豔的氣息，一看就知道是不屬於人類所有的魔性。

……從古老的往昔，這種惡魔就會俘虜人類的國王，藉以毀滅國家。

……而這種傳說軼事多不勝數的惡魔就是……

惡魔族的英雄。

也該被稱之為女王的存在，看著凱伊露出了輕笑。

「不把槍放下嗎？」

「……妳說什麼？」

「對人類來說，最強的惡魔乃是夢魔一事似乎很意外。擅自將朕想像成古代魔或是魔獸形象的人類，在得知朕乃冥帝後，幾乎全都喪失了戰意，嘴裡嚷著『我無法對如此美麗的女孩開槍』。怎麼樣，要朕好好疼愛你藉以消磨時間亦無不可喔？」

「…………」

「怎麼了？」

「妳的本性**不是這麼回事吧**。」

凱伊以亞龍爪的刀尖直指對方，以響徹大廳的音量說道。

他從鈴娜那兒打聽過了。

冥帝凡妮沙是怎麼樣的一頭惡魔。

「妳憑藉蠻力制服了看不順眼的古代魔和魔獸，爬到了頂點；而之所以用煽情的夢魔模樣示人，也只是為了想看人類被騙的反應。妳實際上是個比誰都好戰，一有機會就會攻進其他種族領地的戰鬥狂。這就是妳的本性。」

愕然。

夢魔望著凱伊，像是看到了無法置信的東西似的。

「……好吧，要是沒從鈴娜那兒打聽，我是真的會大吃一驚吧。

……冥帝凡妮沙，我以前一直把妳想成恐怖無比的怪物啊。

就外貌來說，她怎麼看都像是美麗的人類女子。

雖然服飾給人殺氣騰騰的印象，卻能從縫隙間看到幾乎要撐破衣服的豐滿乳溝；而那蹺腳的坐姿，用來展露那完美的腿部曲線可說是再合適不過。光是想像過去有多少人類為了她的美貌捨去靈魂和尊嚴的光景，就讓凱伊為之恐懼。

「呵……啊哈哈……哈哈哈哈哈哈！你這小子挺有趣的啊。」

冥帝捧腹大笑。

「戰鬥狂？不不，朕確實是不討厭爭鬥，但還是有身為夢魔的自覺，也對自身的美貌很有自信的喔？朕原本是想憑藉著自身的美豔，把你這下等的人類收為俘虜的……哈哈，想不到居然會有這樣的回應。」

冥帝換了隻腳蹺了起來。

幾乎就要讓人看到大腿根部的動作，想必也是經過算計做出的行為吧。

「話說回來，人類好像有一支叛亂軍啊。我曾聽部下說過有個叫靈光騎士的傢伙。聽說那人穿著精靈的靈裝，就是你嗎？」

「不好意思，妳認錯人了。」

「那你是那人的部下？」

「不，我確實是為了從妳的手中奪回王都而來，但只是個和人類反旗軍毫無關聯的局外人。」

「局外人？」

這出乎意料的詞彙，讓有著魔性美貌的惡魔歪起了脖子。

「是來自烏爾札聯邦之外的地區嗎？」

「是來自更遠的地方。」

惡魔的英雄依舊是一派輕鬆。

為了讓深坐在王座上頭的冥帝凡妮沙收起嘲笑——

「是從妳敗北後的世界來的。」

凱伊舉著亞龍爪這麼說道。

「…………………哎呀。」

陷入了詭異的漫長沉默。光是直視便會被吸走生氣的眸子——擁有這般傳說的夢魔，稍稍將眼睛瞇細了些許。

「朕敗北的世界？遺憾的是，這樣的世界並不存在，無論是過去、未來還是永恆皆然。」

「那並非過去也不是未來，而是歷史與這裡不同的世界。」

「是你作的白日夢嗎？」

「是啊，就連我都好幾次以為是在作夢呢。不管妳信是不信，我都是從其他的世界誤闖此地的人類。就我來說，我記得的才是真正的歷史，因為那邊的五種族戰爭早就落幕了。」

冥帝沉思起來。

第二次的沉默，比起第一次來得短上許多。

「那麼，你說朕在那個世界敗北了。若是如此，打敗朕的種族為何？支配世界的種族究竟是哪一方來著？」

「人類。」

「————哈！啊哈哈哈哈哈，還以為你會給什麼有趣的答案，居然說人類勝利了？」

嬌笑聲響徹了周遭。

她顫抖著肩膀，連自豪的胸部都為之晃蕩，甚至笑到喘不過氣來。

「既非幻獸亦非蠻神族也不是聖靈族，而是人類勝利了？哎呀哎呀，這可真有趣，朕很久沒笑得如此開心了。那擊敗妾身的究竟是何方神聖？」

「先知希德。」

人類的英雄在這個世界並不存在。

所以，冥帝凡妮沙也不會對這個名字有所反應……**理應是這樣**。

「————」

「冥帝？」

先知希德。聽到這個名字的大惡魔，從臉上收起了笑容。

她像是忘了凱伊的事般仰望半空，以嬌豔的嘴唇道起獨白：

「希德。希德？…………人類…………劍…………」

那和冥帝至今展露的態度顯然有異。

那簡直就像是——

失去記憶之人，拚了命地試圖回想起過去的記憶一般。

「……希德……**墳墓**……世界座標之鑰……封印……………………『**世界輪迴**』…………」

「咦？」

她剛才說了什麼？墳墓？世界座標之鑰？

無論是墳墓還是先知希德之劍，都是只存在於正史的概念。身處別史的惡魔英雄理當不會道出這個詞彙才是。

還有「世界輪迴」是怎麼回事？她剛才確實說出了這個詞彙。

「冥帝！妳剛才說了什麼？」

「————**不對**。」

惡魔的英雄搖了搖頭。

原本帶著嬌笑的眼眸為之一變。冥帝帶著冷冽的殺意起身。

「朕也真是的，居然把時間浪費在沉思上頭。不過，朕倒是挺開心的。為了獎勵你，朕給你兩條路走——一是在被朕疼愛一陣後化為人乾，二是直接把你燒成一具焦屍。」

「兩條路都敬謝不敏啊。」

「那可真是遺憾，朕還真想以夢魔之姿好好歡迎你一番呢。」

冥帝的禮服挾著猛烈之勢揚起。

腳下的瓦礫和沙塵順著渦狀的瘴氣飛揚，而惡魔的英雄舉起了一隻手。

「那就化為塵土吧。」

「抵銷它。」

聲音交疊在一起。

紫電之箭自冥帝的指尖射出。法術迸散著強勁電氣疾飛而至，而凱伊也同時扣下了亞龍爪的扳機。

——略式精靈彈。

以五種族大戰的紀錄為本開發出來的子彈，在撞上閃電後雙雙消滅。

「什麼？」

冥帝洩出了驚愕之聲。

略式精靈彈是這個世界不曾存在的子彈。在對上不曉得抵銷法力的子彈的惡魔時，可以有效地進行「反擊」。

「妳太小看人類了啊，惡魔。」

趁著法術遭到抵銷產生的一瞬間動搖，凱伊蹬地跳了起來。

……不管擁有的法力再強。

……肉體依然是夢魔，一記略式亞龍彈就能收拾妳。

冥帝凡妮沙回神過來。

太遲了。亞龍爪已然揮落。刀刃破空斬向夢魔的肩頭，略式亞龍彈炸裂開來。

「咆哮吧！」

刀刃穿透了冥帝凡妮沙豐滿的肉體。

夢魔的身姿如同海市蜃樓般消滅。勢不可擋的亞龍爪擊中的，乃是她身後的王者座椅。

爆炸。略式亞龍彈的暴風將王座轟得灰飛煙滅。

「幻影？」

「忘記朕乃是夢魔了嗎？」

充滿魔性的嗓音。

話聲近得讓人發毛，同時還有某物即將觸碰脖頸的氣息。

「幻惑系[附魔法術]——是誘惑人類的法術的變體。」

伊。

「——咕！」

他連轉身確認的時間都沒有，只能向前一撲。

凱伊在瓦礫中前滾翻。冥帝凡妮沙維持著伸出手臂的動作，低頭看著沾滿沙塵起身的凱伊。

「哦，這還真是敏捷的動作，反應速度之快都能和獸人相比了吧？」

冥帝的指尖對著凱伊的槍刀。

「那個能抵銷法術的子彈還真有趣。那就是你的世界的武器嗎？」

「妳開始相信了嗎？」

「少自以為是了。」

冥帝投以輕蔑的眼神作為回應。

「區區脆弱種，難道以為這就能阻止我的法術？」

夢魔的頭髮唰地擺動。

每一束頭髮都宛如長蛇般蠢動，那是受到冥帝全身湧出的法力的波動所造成的現象。

「冥唱『讓吾之煉獄充滿熾焰』。」

視野被「赤紅」所包覆。

火焰一詞遠不能形容它的美。面對那散發著莊嚴氣息，宛如凝縮起來的熱之結晶所發出的閃光，握著亞龍爪的手為之一僵。

——寒氣。

汗水自全身上下噴出。他看著流出的汗水被火焰的熱量瞬間蒸發的光景，感受到的卻像是冥府凍冰般的死亡惡寒。

「被火焰吞噬吧。」

「……咕！」

他完全沒有想擊發略式精靈彈的念頭。凱伊放棄了一切抵抗，以全副力氣踢了一下地板，逃出直射而來的紅蓮熾線。

火焰擊中了樓層的牆壁。

厚實的鋼鐵牆壁宛如軟木栓般被徹底刨穿。滿溢的火焰穿出大樓，燒灼了大氣。

……就連人類庇護廳的高熱兵器也轟不出這麼鬼扯的火力啊。

……這就是……惡魔英雄的真正實力嗎？

「哎呀？真糟糕，為了不想破壞重要的要塞，朕都刻意集中火焰了，想不到還是被你躲開了啊。」

最強的惡魔俯視著單膝跪地的自己。

「對了，人類，朕就說個有趣的事給你聽吧。」

她將視線投向凱伊的槍刀。

「那把槍枝破壞了朕的椅子。內藏炸藥這點著實有趣。」

「……那什麼意思？」

「種族各有差異。比方說幻獸族因為有厚實的鱗片而抗火，聖靈族則能令剛才的幻惑系無效，蠻神族則是對所有的法術擁有抗性。各個種族的抗性都有不同，對應起來實在是相當麻煩。」

冥帝滔滔不絕地說道：

「不過，也有能夠忽視這些抗性，對所有種族造成傷害的萬能法術，那就是『爆碎』。你的槍枝藏有炸藥機關，也是基於相似的理由吧——至於我之所以會談到這個話題，原因是……」

一對翅膀從她的背上竄出。

那有著與蝙蝠相似的飛膜，生有彎曲的突起物——乃是惡魔之翼。

「朕最擅長的術式，就是這『爆碎』啊。」

絕世強者露出憐憫一笑。

巨大的法術圓環展開，將凱伊腳底的所有地板包覆其中。

「——唔！」

無處可逃。

要將整座樓層轟飛的爆碎波動逐漸鼓脹。

不妙。極大的破壞能量正從腳底上竄。凱伊像是擁有預知能力一般，眼裡看見了眼前一切都被爆焰吞噬、燃燒殆盡的光景。

「結束了，人類。你的死乃是命中註定。」

冥帝攤開雙手，抬頭仰天。

但這一句話。

卻讓凱伊的大腦想起了與鈴娜相識時的光景。

『世界座標之鑰能斬斷「命運」。**將不必要的死亡命運自世界斬斷吧。**』

「世界座標之鑰！」

他將黑色槍刀高舉過頭，嘶吼起英雄之劍的名字。

冥帝的法術在下一刻發動了。

——冥唱「吾之樂園啊，瘋狂炸裂吧」。

鋼鐵打造的地板沸騰。

與地板融合的法術圓環崩裂，噴竄的爆焰將政府宮殿的天花板和牆壁開出大洞，從中噴出紅蓮火柱。

地板在業火的炙烤下化為液體。

在火焰風暴平息後，冥帝凡妮沙悠然地站立在地。

「除非是四種族的英雄，不然連塵埃都不留下，也沒有逃離死亡的手段。」

沒有一絲塵埃和瓦礫飄落下來。

因為全都一視同仁地被爆焰所蒸發殆盡了。

「明是如此，為何你還活了下來？」

冥帝凡妮沙的聲音中混了些許焦躁。

惡魔的英雄首次對人類(凱伊)顯露出警戒的反應。

「朕原本是打算將這座要塞的天花板直接轟飛的，但在發動的瞬間，絕大部分的威力卻都遭到消滅了。人類，那把劍是怎麼回事？」

「……天曉得。」

世界座標之鑰閃耀著陽光之色。

他架著附在亞龍爪上顯現的希德之劍。

……真是九死一生。

……又被這把劍救了一命。

斬斷命運。

這能「物理性地」斬斷與生命有關的現象——雖然他沒把握能理解這種能力的全貌，但之所以能斬斷鈴娜和冥帝的法術，大概就是基於這個原理吧。

「你原本握在手裡的是一把黑色的槍，是什麼時候抽出這把劍的？」

「這——」

「凱伊，退後！」

大地電流乍現。沿著地板奔竄的電擊不給冥帝逃跑的機會，自四面八方纏上了她的腳跟，劇烈地燒灼她的全身。

「鈴娜？」

有翼少女從下方樓層飛了上來。

她的臉頰和上臂留有觸目驚心的燒傷，背上的翅膀前端也有許多羽毛被拔掉的痕跡。

「妳那身傷……」

「我沒事啦，只是稍微逞強了一下。」

「在妳逞強的當下就完全不是沒事吧……傷得好嚴重啊。」

「凱伊還活著真是太好了。」

「——我嗎？」

「剛剛的爆焰撼動了整座建築物。我很怕凱伊會不會就這樣死掉呢。」

鈴娜的聲音顫抖著。

聲音中蘊含著恐懼——以及憤怒。

「所以我更不能饒妳了。來吧，冥帝！由我來對付妳！」

在雷擊止歇後，只見妖豔的惡魔英雄毫髮無傷地站在原地。

她的表情變得更為沉重。

她沒有看向**凱伊和鈴娜**，而是朝著被剛才的爆焰轟飛的天花板看去。

「**什麼人？**」

宛如在回應她的低喃般，異變發生了。

在有所警戒的冥帝的背後——半空中忽然冒出了漩渦狀的黑點。

在凱伊和鈴娜眼前，漩渦驟然擴大，浮現出近似人類的身影。

『觀測到惡魔的英雄出現出乎意料的「動搖」，為禁忌單詞「希德」影響有關。』

『啟動切除器官進行切除。』

詭異的奇特種族。

現出身影的是像是破損的人偶般，身體各處都有缺陷的怪物。

雖然輪廓大致上與人類相像，但下半身是宛如蛇身一般的觸手結構，背上還冒出了怪異的管子。

……和襲擊鈴娜的怪物很相似。

……是同伴嗎？該不會一路追到這裡來了吧？

噫——鈴娜嚇得縮起身子。

「凱伊！是……是那傢伙！」

「鈴娜，躲在我身後！」

他架起世界座標之鑰。然而，那如同人偶般的怪物雖然無聲地飛翔起來，但目標卻是近在身旁的大惡魔。

「你這傢伙！」

怪物絞住了回頭看來的冥帝脖子。無論夢魔施加了多少力道，深深嵌入她纖細脖頸的指甲也完全沒有鬆動的現象。

『判斷對世界的影響具擴散性。』

「你這傢伙，原來如此……**朕理解了**……切除器官！你是主天（艾弗雷亞）派來的對吧！」

『執行無座標化。將英雄凡妮沙的「紀錄」自世界切除。』

再現。

與鈴娜所受過的攻擊相同，無數的黑色漩渦先是在冥帝周遭顯現，接著一齊貼上了她的全身。

與此同時，冥帝的身軀以恐怖的速度開始消滅。

「咕嗚嗚嗚嗚嗚嗚嗚！」

全身遭到砍削的惡魔發出了慘叫聲。

會死嗎？那個惡魔的英雄，會就這樣死在來路不明的怪物底下嗎？

——冥唱‧續詠唱「賜吾之血肉與靈魂光榮」。

「少自以為是了，垃圾——！」

惡魔的英雄咆哮。

她的背上出現了另一對翅膀，側頭部也長出了短角般的突起物。而全身上下的肌膚也出現了詛咒般的紋路。

那是妖豔女性和恐怖惡魔合而為一的模樣。

「呵，抓到你了。」

『！』

冥帝伸出了手。

在身體被無座標化的攻擊不斷消滅的狀況下，她反而抓住了名為切除器官的怪物腦袋。

「區區主天的走狗，難道真以為能摘下朕的首級？」

『冥帝凡妮沙的抵抗值提昇？出乎意料的法力。距離無座標化的完結尚有——』

「四散吧。」

怪物的身體化為灰燼粉碎。

爆碎的法術乃是對各種種族皆能奏效的萬能法術，而正如她先前的說明，在受到於體內引爆的法力超爆破後，破損的怪物立刻成了一具焦屍，消失殆盡。

「……這是什麼傷啊，就算集中法力也治不好。」

冥帝猛喘著氣咂了一聲。

「算了，先解決眼前的脆弱種來得要緊。」

惡魔的英雄目露凶光，朝著兩人投射過來。全身持續流出大量鮮血的冥帝露出了殺氣騰騰的嬌笑，一步又一步地走近。

……這就是冥帝凡妮沙的本性。

……她才不是夢魔一類的可愛生物，這傢伙是貨真價實的惡魔！

夢魔的風采已不復見。

出現在眼前的，是仗恃強大無比的力量炸碎一切的殺戮化身。

「鈴娜，妳居然和這種傢伙交手過啊。」

「……不對……」

看著在眼前解放本性的冥帝。

鈴娜愕然地這麼說道。

「……好可怕。以前的她也很強，但我和她交手時沒有這麼可怕，也沒看過這樣的表情呀………」

與正史不同歷史的世界，讓冥帝凡妮沙變得更加凶殘可怖。
然而，那是會讓鈴娜感到如此害怕的劇烈變化嗎？
「快逃！」
迫切的慘叫聲迴盪起來。
「凱伊快逃！不行，這打不贏的！這和強度無關……我知道這是贏不了的……」
「鈴娜！」
她奮不顧身地衝向冥帝凡妮沙。
在抓住對手的腰部後，鈴娜咬牙喊出了言靈。
「『影之幽獄』啊！將這隻惡魔連同我一起綁縛起來吧！」
「聖靈族的結界？妳這傢伙！」
一道淡黑色的監獄將鈴娜和冥帝關了起來。
「妳是什麼東西？不僅翅膀詭異，甚至連聖靈族的結界都會用……這到底是怎麼回事？」
「快點，凱伊！這種結界馬上就會被打壞的！趁著我壓制住她的期間快跑！」
「壓制？」
劈哩——黑暗的牢籠中迸出了深紅色的龜裂。
「竟敢想壓制住朕？妳這三流貨色，以為如此脆弱的結界奈何得了朕嗎！」

咆吼的爆焰，從黑暗牢籠的內側將之破壞得不留痕跡。

被暴風轟飛的鈴娜彈向半空，伴隨著悶響聲砸在堅硬的地板上。張開翅膀的惡魔英雄對鈴娜展開追擊。

凱伊對著她的背部大喊：

「冥帝！」

「……不……行……別……過來……凱伊。」

他舉起世界座標之鑰挑戰冥帝。

沒有任何的策略。凱伊緊握著長劍，只想讓這殺戮的惡魔將心思從鈴娜抽離一秒一瞬。

「凱伊快逃——」

「礙眼的人類。」

惡魔的聲音，而這也是——

凱伊在失去意識前聽到的最後話聲。

少年的身體被血色的爆焰包覆。

血色飛沫四濺。

少年在鈴娜眼前飛上半空中。他甚至鬆開手裡的世界座標之鑰，身子撞在遙遠的樓層牆上。

倒地的他沒有起身的跡象。

他不只是被爆風炸到而已，在足以引爆體內的法力的作用下，雖然外表安然無恙，但無論是內臟還是骨頭，肯定都已經被炸得七零八落了吧。

鈴娜目擊了法術在少年(凱伊)體內破裂的瞬間。

「……凱伊？」

沒有回應。因為他不可能倖存下來。

就是看在鈴娜眼裡，那樣的光景也太過無情。不管再怎麼不想承認，再怎麼許願要他活下來，血與死亡的氣味還是抹去了希望的存在。

「…………啊…………」

「哈，真不巧，妳想放跑的人類已經消失了。接下來呢？是想為他報仇呢，還是要一個人夾著尾巴逃呢？」

「……………………」

「還是說妳連鬥志都————」

說到一半，惡魔打住了話語。

少女(鈴娜)無言地起身，而她的傷勢就在自己的眼前逐漸恢復。

「……不可能。」

冥帝的爆焰含有強烈的妨礙治癒的詛咒。就算是治癒能力強的幻獸族，或是受過了天使的庇護，也無法順利地治好傷勢。

然而。

「凡妮沙啊啊啊啊啊啊啊啊啊啊——————！」

鈴娜放聲大吼。

「饒不了妳。絕對絕對絕對絕對……饒不了妳！」

除了自己之外，她沒有任何看重的事物。既沒有家人，也沒有朋友，更沒有同族的夥伴。

……我明明好不容易才找到。

……明明只有凱伊會好好對待我。

她首次明白了。

失去了重要之物的失落感。

——「■■」因子，覺醒。

鈴娜閉上眼睛張開雙手，像是在仰望頭頂上方的天空似的。

背上的天魔之翼則是伴隨著擠壓空氣的聲響，變大了將近兩倍。

「……什麼？」

在惡魔的英雄感到訝異的同時，變化仍在持續。

鈴娜的金髮閃耀生光——那並非被法力的光芒所映，而是頭髮變得透明，從內部產生了無限的光源。

而在額頭和上臂的皮膚上，也淺淺地浮現出發光的圖紋。

——翅膀的肥大化為「幻獸」因子的顯現。

——身體內側的發光器官則是「聖靈」因子的顯現。

惡魔族、蠻神族與人族。

而幻獸族和聖靈族的特徵，也跟著在鈴娜的身體顯現。

「雜種？不……不對……這混和了五種族的混沌樣貌究竟是……？」

「吵死了。」

鈴娜的身影消失了。她以在鋼鐵地板上留下腳印的猛力一躍拉近距離，就這麼趁勢揮拳，擊中了夢魔柔軟的肉體。

她用上了龍的腕力。

「…………咕……嘎…………啊……？」

重重地彎下身子的冥帝凡妮沙屈膝跪下。

「……妳這傢伙……那身模樣……！那是妳的……本性……嗎？」

「吵死了吵死了吵死了！」

她以獸人的腳力朝著下頷踢去。要是沒有惡魔的瘴氣和法力之壁作為緩衝，冥帝的頭部恐怕會直接被踢碎吧。

「凡妮沙————！」

鈴娜落下大顆的淚珠，蹬地衝出。

在聖靈族特性的影響下——就連滴落的淚珠也綻放著光芒，展露出魔幻的光景。而目睹這一切後——

「哈！哈哈哈哈！」

惡魔的英雄即使口噴鮮血，仍發出了笑聲。

疼痛只是小事，但眼前之事實在過於可笑——她高亢的嘲笑聲蘊含著這樣的意義。

「這真是……這真是何等滑稽！是吧，閃耀的**混沌種**啊！」

「…………」

「妳應該也明白吧。看看這股力量和這身姿態！妳若是一開始就用上這些，肯定能讓那名人類全身而退。」

「…………」

「難道說，妳害怕讓人類(那傢伙)見到自己這身姿態嗎？」

鈴娜的臉上閃過了一絲悲愴。

「哈哈，朕明白！人類原本就是脆弱而膽小的存在。他們恐懼惡魔，厭惡幻獸，排斥聖靈，嫉妒蠻神。妳身上的光輝固然美麗……然而，卻也因此變得與人類相去甚遠。妳就是害怕這點——害怕被喊為怪物吧！」

她猶豫著是否要以解放全力的型態應戰。

而這種猶豫的心態，就害得人類喪失性命。

「妳這傢伙的眼淚是針對朕的憤怒嗎？不是吧。殺死他的是妳。妳若是變身成這個型態，要掩護一個人類逃跑理當不成問題。」

「沒錯。」

天魔之翼和精靈的耳朵。

光是這兩點就讓鈴娜與人類大不相同。

……要是「不同」的地方增加，說不定會被凱伊討厭。

……說不定會被凱伊冷眼相待。

她害怕的就是這件事。

「不過，這已經無所謂了。就算為此後悔，凱伊也不會復生。」

她在空中抓住了夢魔的翅膀。

接著施展龍的剛力，將夢魔的手臂連同翅膀一併架住。這下就是一心同體了——若是施展爆碎系的法術，那爆風也會波及到冥帝身上，所以她無路可逃。

「凡妮沙，和我一起去死吧。」

「什麼？」

鈴娜的指尖掐入了夢魔的翅膀之中。

她將自己的血液注入目標體內，讓血液混合在一起——接著以混合的血作為媒介，施展咒術。

Solittis Clar "Elmei-l-Nazyu Phenoria" ——禁咒「混沌病原體」。

啪噠——紫色的水滴接連滴落。

紫色水露自冥帝凡妮沙的皮膚上不斷滲出，宛如瀑布般朝著地板灑落。

「這些水滴就是妳的『生命』本身，無論用何種手段都無法防禦，在妳喪命之前，水滴都會持續落下。」

「……妳這傢伙？」

「我的命也會和妳一同上路的。」

鈴娜的臉頰和額頭，也以相同的速度流下了發光的水滴。

生命的等價消耗。

理解到這一點的惡魔英雄發出了悲鳴。自身的生命逐漸被搾乾的恐怖——過程無傷也無痛，也因此才會讓人恐懼。

「妳這……不祥的……存在……」

「已經結束了，接招吧——————」

只要再過幾秒，兩人的生命就會消耗殆盡。

忽然間，原本架著翅膀的鈴娜，手臂驟然失去了力氣。

「……咦？」

在反應過來時，鈴娜已經向下墜去，整個人摔倒在地板上頭了。

使不上力。不對，說起來，禁咒為何會突然被中斷？那明明是在鈴娜與冥帝的生命耗盡之前不會停止的法術，但為什麼……

「雖說是禁咒，但那仍是透過法力施展的法術。這就是妳的敗因啊，混沌種。」

冥帝凡妮沙降至地面。

之所以慎重地和鈴娜拉開距離，想必是為了防範受到反擊的渺茫可能性。

「這裡是朕的地盤，會防範其他種族的侵略也是當然之舉吧。」

「……不會吧？」

「廣範圍的詛咒——朕設下了用以阻礙法力的詛咒陣式。這一共有三層，分別是針對聖靈族、幻獸族和蠻神族的玩意兒。」

鈴娜的肉體具備著所有種族的特性。

雖然看似萬能，但在戰鬥時不見得能夠所向無敵。畢竟這也代表她同時具備著所有種族的弱點。

「這是三個種族份的詛咒。朕反而訝異妳居然能施展法力這麼長的時間。」

「……怎麼……會……」

施展禁咒的反噬會讓身體動彈不得，如此一來，就算擁有龍之剛力也沒有意義了。而法力也被詛咒徹底抽盡。

「真是可悲的生物。」

惡魔的話語對著連一根手指都無法動彈，倒地不起的鈴娜投來。

「無法成為任何一個種族的半吊子，在這個世上僅能度過極無意義的一生。朕實在無法理解像妳這樣的存在為何會降生於世。」

對於她的話語，鈴娜只能全數聽進耳裡。

「…………對不起……凱伊。」

她好後悔。

後悔沒能拯救他。

後悔用盡一切力量，卻還是沒能打倒冥帝凡妮沙。

「對不起……對不起。凱伊……我已經……很努力了，可是…………」

「就連妳的話語都讓人不快。」

冥帝的單邊翅膀點亮了法術圓環。

迸出的業火朝著動彈不得的鈴娜射去。炸開的火焰吞噬少女，隨即化為灼燒天空的火柱，灑下無數火星。

連一點灰燼都不會留下。就在冥帝對此深信不疑的同時，自火柱的後方——

——劍光一閃。

惡魔的火焰被僅僅一刀給徹底斬去。

「……怎麼會？」

冥帝愕然地呆立在地。

她已完美地用爆碎的法術幹掉了**那個人類**。不具備法力的人類，理應沒有存活下來的手段才對。

「向我道歉？妳在說什麼啊，鈴娜。」

宛如將太陽光全數凝結成結晶般的陽光色——

拂曉之劍閃耀光輝。

「要不是妳上前戰鬥，我早就沒命了。畢竟我只差一點就要失去意識了啊。」

無法起身的少女看見了。

在她眼前，有個挺身與惡魔的英雄對峙的人類。

手握世界座標之鑰的凱伊．沙克拉．班特就在眼前。

咆哮肆虐的猛火已然消滅。

涼爽的微風拂過了半毀的大廳。

「……凱伊……你還活著……嗎？不是……在騙人吧……」

對於害怕地抬起臉龐的少女。

凱伊無言地伸出手臂作為回應。他以自己的手掌僅僅握住鈴娜的手。雖然力道還不足以協助她起身，但這麼做肯定能——感受到他的體溫。

「……好溫暖。」

「哎，我剛才也說了，那完全是千鈞一髮啊。」

那是同時發生的事。

冥帝發動了法術。

而凱伊則是在同一瞬間以世界座標之鑰將之切除。

如今喉嚨深處還是能感受到血腥味。要是再慢上零點一秒，肯定就趕不上了。

「你還打算站在朕的面前？」

惡魔的英雄瞪視著擋在身前的人類。

「不僅如此，我看你還打算與朕一戰啊？」

「是有這個打算沒錯。」

「少自以為是了，人類！你不過就是從朕的法術底下逃過了兩劫罷了！」

大惡魔的怒吼聲響徹四下。

像是在表現出其激動的情緒般，強大無比的法力覆上了充滿魔性魅力的肉體。

「不過就是個命大的傢伙。在那個半吊子和朕戰鬥的這段期間，你不是才勉強恢復到能站起身子的狀態嗎？」

「——正因為如此。」

他用力握住了世界座標之鑰。

「正因為如此，我就算得逞強，也一定要打敗妳啊。」

莎琪、阿修蘭和貞德——不能放著這些自己所知的世界的重要同事不管。這是自己在這個世界出戰的動機。

……但還有一個。

……我多了一個不能不賭上性命一戰的理由了。

「為了我，鈴娜賭上性命和妳大打了一場。所以，我也得厚著臉皮去回應她的舉動才行啊。」

「哈！你難道還有什麼妙計不成？還是有什麼想秀給朕見識的東西？」

大惡魔張開雙臂。

那像是在展露自己妖豔的肢體似的——她以可說是毫無防備的姿態高傲地嘲笑道：

「朕很清楚人類是什麼東西。他們全都一樣，只會出一張嘴。每次都說要讓朕見識人類的強大、人類的可能性和人類的未來——但說到底全都是謊言。」

聖靈族的英雄——靈元首六元鏡光。

蠻神族的英雄——主天艾弗雷亞。

幻獸族的英雄——牙皇拉蘇耶。

雖為敵對的立場，但冥帝對於他們身為統帥種族的絕對強者之姿抱持著肯定。這三人都無疑是極好的競爭對手。

「**人類之中沒有英雄**。」

「…………」

「他們缺乏凝聚種族的強者。還是說，你覺得自己就是那種人？」

那是在試探的口吻。

有一半是在嘲笑，但另一半，則是尋求強敵的霸者真心話。

「回答吧，人類。」

「怎麼可能。我完全沒有想當上人類英雄的念頭。不過——」

凱伊正面接下了她的視線。

「冥帝，妳要我展現給妳看對吧？那我就讓妳見識一番。」

「見識什麼？人類的強大嗎？可能性嗎？未來嗎？」

「——是精髓啊。」

人類的本質。此道的奧義。精神的極限。

他將這一切統整為精髓。

自己便是為了這一天，無時無刻地鍛鍊著這一切。

「正如妳所說，這個世界上並不存在人類的英雄。即使如此……我也要用上一切打倒妳。所以——」

他握緊長劍。

他要以過去稱霸了五種族大戰的長劍，為另一場五種族大戰劃下休止符。

「在這個瞬間，我就是挑戰惡魔的**人類代表**了。」

他水平舉起世界座標之鑰。

在烏爾札政府宮殿的頂樓。

廣袤巨大的烏爾札聯邦——由惡魔統治的大地的中心處。

「接招吧，惡魔的英雄。我讓妳見識何謂人類的精髓！」

這是一名少年——

向惡魔的英雄發起挑戰的瞬間。

World.6 Chapter: 於是記憶了世界 —Code Holder—

Phy Sew lu, ele tis Es feo r-delis uc l.

1

烏爾札政府宮殿，二十樓。

溫暖的氣流在廣大的樓層盤旋成捲。

黑暗色的波動乍現——這是冥帝凡妮沙的法力溶入大氣後，經過超高密度壓縮下所具現出來的光景。簡單來說，就是將極為巨量的能量匯聚成形。

……明明都連發了好幾個大法術，還和鈴娜交過手。

……如今她還留有這麼多的法力啊。

不過，凱伊早已做好覺悟。對方可是讓各種惡魔屈服登上大位的夢魔，就算有著用之不竭的法力，也不會讓他感到吃驚。

「這就是最後了，冥帝。」

「來吧。」

凱伊高舉長劍，與此同時，冥帝凡妮沙抬起了一隻手。

——雙方都相當明白。

凱伊挨了冥帝的法術，處於負傷狀態。

冥帝則是受了鈴娜的禁咒之傷，稍稍露出了疲態。

必須迅速地分出勝負。

「朕不認為你還有任何把戲，但就試著掙扎吧。朕會摧毀你的一切手段！」

惡魔的英雄——凡妮沙賭上了自己的尊嚴。

「來吧，降魔之星。」

惡魔的法術圓環在虛空中盤旋。

從中召喚出來的是——隕石。被閃耀著藍色光芒的鬼火包覆的超質量團塊，伴隨著轟隆聲和破空聲向下墜來。

……要將整棟政府宮殿捲進去嗎？

……打算一口氣收拾掉我、鈴娜和人類反旗軍的人類嗎！

巨大的墜星占據了眼前的視線。

他仰望著會帶來必然死亡的這顆星星——

「好啊，我就證明給妳看。」

散發著破曉般光芒的長劍。凱伊舉起了閃耀著陽光色的世界座標之鑰。

他代替先知希德。

向這個世界證明，讓大戰畫下休止符的長劍確實存在著。

「所以回應我吧，世界座標之鑰！」

破曉之光劃出軌跡。

閃耀的劍光將被藍焰包覆的惡魔之星一刀兩斷。破裂——被世界座標之鑰斬斷的星星碎裂，化為無數碎片，最後以流星雨的模樣墜落下來。

「哈！竟能將朕的法術摧毀至此！」

儘管咬牙切齒，冥帝的臉上依然展露著強者的笑容。

剛才的法術讓她明白，那把光之劍便是人類(凱伊)能存活下來的祕密。同時，她也針對那把劍做出了對策。

「冥府之花啊，盡情盛開吧！」

數百、數千團火焰在空中飄浮著。

剛才的墜星上所包覆的鬼火，回應冥帝的言靈開出花朵。每一朵花都是凝聚了強大法力的恐怖機雷，一旦觸碰就會引發劇烈的爆炸。

「就算那把劍能斬斷法術，也無法擊碎如此之多的數量。」

勝券在握。

在冥帝的命令下，呈現花朵模樣的數百團業火朝著凱伊撲去。

「死吧——」

「**關掉！**」

噗滋——傳來了某種東西遭到阻斷的聲音。

接著，供應政府宮殿的電源驀地中斷了。所有的燈光登時消失，整座樓層都被深邃的黑暗包覆。

「……什麼？」

「確實是最棒的時間點。莎琪、阿修蘭，幹得漂亮。」

凱伊取出通訊機。

通訊對象是十七樓的供電室——在裡頭待命的莎琪和阿修蘭。

『這是用來撤退的。在打倒冥帝或是覺得打不過時，我就會阻斷電源，關掉大樓的照明，然後趁著惡魔動搖時抽身。是這樣對吧，凱伊？』

『是啊，我會給你信號的。』

在凱伊的指示下，兩人關掉了整棟大樓的燈光。

「我原本是打算拿來撤退用的就是了。」

「……來這招嗎！」

冥帝也瞬間明白了凱伊的計策。

選擇利用黑暗的理由——

是因為五種族之中，就只有人類不具備法力，所以人類的動作只能仰賴目視。一旦躲入黑暗之中，就無法捕捉到凱伊的位置。

至於凱伊呢？

冥帝凡妮沙所展露出來的強大法力之光，將她整個人照映了出來。

「只有你能單方面地確認朕的位置，是打算趁黑偷襲嗎？」

要用法力之火驅除黑暗嗎？

但那實在太慢了，就算立刻執行，凱伊的劍刃也會先一步抵到冥帝的身上吧。

「…………真可惜啊。」

身在黑暗之中的惡魔冷笑道。

夢魔的手所指向的，是在黑暗中綻放的微弱陽光色光芒。

那是世界座標之鑰發出的光芒——雖然太過微弱，所以看不見凱伊的身影，但在這黑暗的空間之中，希德之劍儼然像是在黎明時射入的一道光芒，顯得太過顯眼。

光之軌跡就這麼彰顯出凱伊跑過的所在位置。

「就在那裡吧。結束了。」

冥帝伸手一指——閃爍著藍白色的炎之花，全數朝著世界座標之鑰的光芒撲去。那絕非能一刀斬斷的數量。

巨大的火柱竄升，而冥帝隨之看到了火光映照出來的身影。

——**她看到了鈴娜的身影**。

握著世界座標之鑰的少女，在冥府之火中安然無恙地奔跑著。

「**難道說？**」

「妳說什麼結束了？」

冥帝的背後傳來說話聲。

惡寒。過去未曾體驗過的恐懼讓夢魔回過了頭。而凱伊此時已然衝到了她的面前。

……一切都在掌握之中。

……畢竟四周這麼暗，世界座標之鑰的光芒肯定會變成目標啊。

因此，凱伊以黑暗作為掩護，將世界座標之鑰遞給了鈴娜。

鈴娜有能耐承受冥帝的法術。而凱伊則是屏息潛行，繞到了冥帝的身後。

「總算來到這裡了啊。」

這是能以拳頭擊中的極近距離。

冥帝若是施放法術，連她自己也會受到波及，所以無法使用法術。

「……朕還以為你是個脆弱種呢。」

冥帝凡妮沙轉過身子。

「幹得漂亮。」

那和迄今的冷笑不同。

而是惡魔的英雄首次贈與的——打從心底對人類這個種族發出的讚賞。

「活用了黑暗的優勢。先是利用了這座要塞本為人類之物這點奪去朕的視野，還放開了理當是殺手鐧的劍作為第二道計策。這真是何等大膽。」

「————」

「你值得受朕一讚。放眼過去，能貼到朕身邊的對手可沒幾個啊……不過，你還缺了最後一著。」

人類擁有智慧。

能利用政府宮殿這項地利造出黑暗。

再來還將自己的武器——世界座標之鑰作為誘餌，貼到了這麼近的距離。

「你接下來怎麼辦？」

惡魔的英雄凝視近在眼前的凱伊問道。

「你扔掉了劍。就算雙手裡還藏有某種東西，也不可能打倒朕。你欠缺的，是徹底讓局勢翻盤的絕對力量。」

受法力保護的冥帝，甚至能承受鈴娜揮出的龍之拳。

即使在極近距離扔出手榴彈，也無法造成任何傷害吧。將唯一的關鍵——世界座標之鑰放手的作戰，在這時卻成了致命危機。

「——**妳是這麼想的吧？**」

「什麼？」

「我不是說過，要讓妳見識精髓嗎？」

最後的一個踏步。

他闖進冥帝凡妮沙的懷裡，張開雙腿沉腰屈膝。

「十年了。我只為了這個目的鍛鍊至今——就是**為了把惡魔轟飛出去**啊！」

赤手空拳。在凱伊隸屬的人類庇護廳，學習**以四種族作為假想敵的格鬥技**乃是義務。

——集中力量的一點爆破。

轟音響起——那就像是以爆碎系法術命中敵人的聲響。

凱伊奮不顧身的鐵山靠，將夢魔的身體轟飛出去。

「…………咕嗚？」

受到法力守護的冥帝未受外傷。

但那股衝擊震撼了夢魔身體的根幹，足以讓她失去一瞬間的意識。

「……怎……麼……會…………？」

最嚴重的誤判。

沒想到——

沒想到會有赤手空拳地挑戰惡魔英雄的人類存在。

「……你這傢伙的……最後王牌，不是……那把劍嗎？」

「是啊。我從來不打算靠著英雄之劍戰到最後。」

冥帝徹底看錯了人類。

她一直以為，人類是沒有劍或槍枝就一事無成的弱小存在。

這就是惡魔的英雄的——敗因。

「分出勝負了，冥帝。」

凱伊接住了鈴娜扔來的世界座標之鑰。

面對綻放著通透而美麗的黃金色之劍，失去平衡的冥帝彎起嘴角，接著像是說給自己聽似的開了口：

「————是朕輸了。這片領土就送給你們吧。」

然後……

黃金色的劍光，將冥帝凡妮沙一刀兩斷。

有砍到東西的手感。

世界座標之鑰砍穿法力障壁，砍中身軀的觸感確實傳了過來。

……打倒她……了嗎？

……若只論手感，確實是給予致命傷了。

那是他深信不疑的一擊。

即使如此，凱伊和鈴娜之所以還擺出戰鬥架勢，正是因為在挨了世界座標之鑰的這一劍，冥帝縱然單膝跪地，也沒有失去意識的關係。

「————」

但她的模樣不對勁。

收起翅膀的夢魔正無言地抱著自己的頭部。她既沒有治療自己的傷勢，也沒有展開反擊的打算。

「吶，凱伊，那傢伙好像有點奇怪耶？」

「……是啊。」

由於讓人寒毛直豎的殺氣已經消失了，可以看做冥帝已經失去了戰鬥的意志。

但她的模樣和至今的表現不同，究竟是怎麼——

「……希德。」

夢魔美豔的嘴唇，道出了不應存在這個世界的名字。

「…………希德……對了。希德，先知。朕是怎麼搞的，居然出了這種差錯。」

冥帝站起身子。

她全身不停顫抖，而且維持著抱住頭部的動作。

「**世界輪迴……世界會遭到竄改**……………對了，想起來了。**該死的希德，那個男人提到的就是這個嗎？**」

「冥帝！那是什麼意思？」

劈哩——某物碎裂的聲響傳來。

那是冥帝凡妮沙的身子有一半遭到石化，逐漸碎裂崩解的聲響。

「聽好了，人類。」

惡魔睜大了雙眼。

「世界會被重新創造——希德將這樣的現象稱之為『世界輪迴』。有人引發這場世界輪迴，藉此竄改世界，把那傢伙找出來！那是除了朕和希德之外的英雄，剩下三人的其中一人！」

「希德知道這件事？而且竄改世界又是怎麼回事……？」

「那傢伙（希德）預知了這個世界即將發生的異變，為此……」

夢魔的指甲。

塗上黑色指甲油的美麗指甲，指的是凱伊手中的劍。

「**希德將那把劍寄放在朕手邊**。為了應對即將到來的事態，朕將那把劍藏了起來。那是能修復世界竄改的唯一鑰匙。」

「藏起這把劍？」

凱伊凝視著握在手裡的世界座標之鑰。

這就是希德之劍插在惡魔墳墓之中的理由？

但還有疑問沒有解決。對冥帝來說，世界座標之鑰乃是可恨的希德之劍，他不明白為何冥帝會願意保管。

「為什麼……妳和先知希德不是敵人嗎？也有紀錄表示你們在大戰期間交手過啊！」

「沒錯。朕確實是和他交手過了。不過……」

身體逐漸崩潰。

咬緊牙關站穩雙腿的惡魔英雄，猛烈地喘氣說道：

「**有你所不曉得的過去存在**。那是在你的世界裡**遭到隱藏的禁忌『紀錄』**。」

「唔！」

唰——近似恐懼的心境讓凱伊抽了一口氣。

對命運的憎恨——他覺得自己碰觸到了隱藏在世界暗處的禁忌。

「……無座標化還真是棘手的術。」

冥帝的肉體逐漸碎裂。逐漸變成白色石片的模樣，顯然不是凱伊的世界座標之鑰造成的傷勢。

「不過，這便是你們的勝利。幹得漂亮啊，人類——」

大惡魔撥開了貼在額頭上的瀏海。

她輕輕吸氣，吐氣，然後——

「——————哎喲，真是的，好不甘心喲！」

露出了美麗夢魔的姿態。

她拋下了名為惡魔英雄的冠冕，以久違的「自我」身分開口說道：

「是人家輸了，輸得好慘啊，甚至提不起勁去想藉口呢。」

「凡妮沙？」

「做好覺悟吧。若還有下次……人家會以夢魔的身分……與你……好好大戰一場。人家會以滿滿的愛意讓你哭出來的，要好好記住喲。」

她嘻嘻一笑。

包含指甲和頭髮在內，美麗惡魔的肉體全數化為了黑霧。

「……下次就……玩得…………更開心點吧……」

肉體消滅殆盡。

那便是惡魔的英雄最後的遺言。

擊敗了惡魔的英雄——冥帝凡妮沙——

烏爾札聯邦的惡魔撤出了王都。

人類史上最大規模的「反擊」，在轉瞬間就傳遍了烏爾札聯邦的人類特區，甚至傳到了外域。

在西側聯邦與幻獸族交戰中的修爾茲人類反旗軍。

在南側聯邦與聖靈族交戰中的悠倫人類反旗軍。

在東側聯邦與蠻神族交戰中的伊歐人類反旗軍。

想必是透過這些人類反旗軍作為轉介，才能將擊敗冥帝的喜訊傳到該地的人類特區去吧。

而說到烏爾札人類反旗軍。

順利奪回王都的安心感，想必和激戰過後的疲憊感融合在一起了。平時都在黎明時分清醒的傭兵，唯有在這一天睡到了朝陽升起仍不見甦醒。

而有一行人穿過了寂靜的營地——

「謝謝你們。」

王都烏爾札克。

暌違三十年被人類取回的這座都市，已是面目全非。

許多建築物都在當年的戰火之中燒燬。

而在魔獸的闊步下，被重重踐踏的步道毀損得相當嚴重，從裂縫之間還能看到長著沒見過的怪異植物。

「雖然變成這副荒涼的模樣，但能像這樣在地表上走動，都是託了你們兩個的福。這都要歸功於打倒了惡魔英雄的你們。」

靈光騎士貞德——

雖然穿著盔甲，但她現在卻呈現出十七歲的少女貞德的模樣。

經歷昨夜的戰鬥後疲憊至極的部下，無不睡得像個死人一般，而身為指揮官的貞德則是帶著護衛花琳，走在王都的大道上。

「不過，身為功臣的你們看起來卻不怎麼開心啊？」

「不不不，我可是鬆了一口氣。老實說，若是得再與冥帝一戰，我可沒有能打贏的自信。」

聽到貞德的提醒，凱伊微微露出苦笑，與身旁的鈴娜對看了一眼。

除了鈴娜是不同種族之外的一切——凱伊將與冥帝凡妮沙一戰的經過，全盤向貞德托出。

利用停電進行的反擊。

受到名為切除器官的怪物襲擊。

以及冥帝凡妮沙擁有和凱伊相同的五種族大戰記憶一事皆然。

「不過，這下多了一些想知道的事啊。」

冥帝凡妮沙這麼說過。

『有人引發這場世界輪迴，藉此竄改世界，把那傢伙找出來！』

『那是除了朕和希德之外的英雄，剩下三人的其中一人！』

這段話語。

對於凱伊和鈴娜來說是不小的衝擊。

……我一直以為我們是「引發異變的一方」。

……我和鈴娜應該是被彈到了另一個世界的例外。

然而，若相信冥帝的話語，那狀況正好相反。

世界本身才是「引發異變的一方」，他和鈴娜則是**逃過了異變的一方**。

既然如此，要怎麼樣才能修復世界的竄改？

找出引發異變的元凶——就這個節骨眼來說，除了冥帝凡妮沙說過的手段，他也想不到其他辦法了。

「凱伊、鈴娜。」

貞德加快腳步。

她快步前行，連護衛花琳都有些跟不上。

「拜能取回這片土地之賜，人類的活動範圍大幅增加了。首先，我打算將烏爾札人類反旗軍的總部移到這裡。我要重現三十年前的街景——不對，我要把這裡重建得比當時更為美好！」

「嗯。」

「**不過**……」

她的步伐停了下來。

「我覺得就算不是我也做得到呢。」

「那是什麼意思？」

「我要將重建王都的工作交給幹部去做。比起讓我這種年輕人指揮，讓見識過三十年前的王都的居民來做，應該會更為盡心盡力吧？所以不用我出馬也沒關係。」

「……既然如此。」

「貞咪有什麼打算？」

在凱伊身旁。

一直保持沉默的鈴娜，筆直地凝視人類的指揮官。

「因為趕跑惡魔了，所以要就此退役嗎？」

「不對。」

青梅竹馬少女呼吸急促地說道：

「要啟航喔，我要離開烏爾札了。」

接著她轉過身子。

雖然穿著象徵靈光騎士身分的盔甲，但她卸下了扮成男性時所用的髮飾，讓受到解放的長髮隨風飄揚。

「被奪走的人類聯邦可以粗分為三個，該地各自被幻獸族、聖靈族和蠻神族所支配。同時也存在著與這些支配者交戰的人類反旗軍喔。」

「我們要和其他的人類反旗軍齊心協力，展開大規模作戰。」

女傭兵護衛接話。

「光是在今天早上，我們就已經收到了複數的人類反旗軍協同戰線計畫。擊敗惡魔英雄的消息，已經在全世界引發了燎原之火。所以——」

「我希望你能一起來。」

貞德停下腳步。在她的前方，受到朝陽輝映的政府宮殿就矗立在眼前。

「我以烏爾札人類反旗軍指揮官的身分收到邀請。凱伊、鈴娜，擊敗了冥帝的你們，說不定能辦到你們所在的世界所發生的事喔。」

「……發生過的事是指？」

「讓我們終結五種族大戰吧。」

向四種族發出反擊宣言。

在僅有四人在場的狀況下，靈光騎士貞德按著胸口，高亢地說道：

「由我進行指揮，我會將你們視為能發揮出頂尖戰力的士兵下達指令。為此，我必須要當上最高指揮官。所以讓我們一起戰鬥吧，只要有你們在，肯定可以改變這個世界。」

「────」

「啊……當……當然，我會盡可能給你們最好的待遇！比方說──」

「不不，我沒有不高興的意思啦。」

將沉默視為否定的貞德慌慌張張地補上一句。看到她這樣的反應，凱伊不禁苦笑著給予回應：

「我只是被重重地嚇了一跳。貞德，妳好厲害。」

「咦？」

「妳居然變得這麼有為了。就我所知的貞德，是個雖然有上進心，但還是像個跟在伯父身後的小朋友啊。」

「～～～～～嗚！你……你在說什麼啦？」

紅著一張臉的貞德大吼道。

「我哪裡像小孩子了？」

「不不，我是說真的。畢竟妳還在我的訓練時段裡，用配發的通訊機和我聊起私事啊。」

「騙人！這種世界哪可能存在呀！我一直都是保持著品行優良——」

「有機會再來聊這個話題吧。」

他將視線從慌張的少女身上挪開。

在他身旁，鈴娜難得地在眾人面前露出了淘氣的笑容。

——太好了。

鈴娜的表情如是說。確實，烏爾札人類反旗軍若是踏上了世界遠征之路，那對凱伊來說無疑是一記強心針。

……我和鈴娜都還對這個世界有太多不明白之處。

……就是想前往烏爾札聯邦以外的地方也得賭上性命啊。

老實說，反而是凱伊想請貞德協助他們。

請妳協助我們打倒其他的三英雄——

「鈴娜也願意吧。」

「嗯。我只要能和凱伊在一起，要做什麼都可以喔。」

她將身子貼了上來。

「不過，我想快點恢復原狀。這個世界恐怖的東西太多了呢。」

「……是啊，這我明白。」

凱伊對著緊抓住自己衣角的鈴娜點了點頭。

剩下的英雄有三——

蠻神族的英雄「主天」艾弗雷亞。

幻獸族的英雄「牙皇」拉蘇耶。

聖靈族的英雄「靈元首」六元鏡光。

這三人之中的其中之一，究竟是透過何種手段，又是抱著何種目的竄改世界的？

「希德，你應該知道吧……？」

不存在於這個世界的人類英雄。

『希德預知了這個世界即將發生的異變，為此……』

『有你所不曉得的過去存在。那是在你的世界裡遭到隱藏的禁忌「紀錄」。』

先知希德為何要將世界座標之鑰交給身為敵人的冥帝保管？
先知希德為何預知了世界輪迴的發動？
……希德。
……你在一百年前究竟得知了什麼？
這個世界有某物存在。
有某個抱持明確惡意竄改世界之人——希德連這個都預測到了嗎？
「我會盡我所能。我要代替不存在這個世界的你結束這場大戰……這種說法或許是太過誇大了。」
凱伊嘆了口近似苦笑的氣息，仰望聳立的巨大建築物。
烏爾札政府宮殿。
那是戰鬥的證明。人類從惡魔的英雄手中奪回王都的證據，就明擺在這裡。
「去找出元凶吧。不管對手是誰，我都沒有放著不管的打算。然後——」
迎戰吧。
去迎戰下一個英雄，去迎戰支配世界的強大種族。
「我會取回原本的世界，所以看著我吧，英雄希德。」
這是——

被世界遺忘的少年，迎戰世界真相的物語。
冒險就此展開。

後記

感謝各位購買《為何我的世界被遺忘了》（簡稱《世界遺忘》）。我是作者細音啓。

被世界遺忘的少年的故事第一集，不知各位看得是否開心？

不僅被青梅竹馬少女和同伴遺忘，還在醒來後馬上遭到惡魔襲擊而開戰，最後還被捲入了決定人類存亡的戰爭……從故事一開始就被迫淌了渾水，主角的遭遇可說是相當刻苦，但筆者覺得，今後寫些與女主角加深的情感的愉快旅行橋段似乎也不錯。

挑戰世界「禁忌」的少年故事，筆者希望接下來能一步步好好努力。

那麼，第二集預定會在十月二十五日上市（註：此指日本）。

除了與女主角的愉快旅行之外，第二集的死鬥也會變得更為慘烈。還請各位期待！

不過在十月之前還有些許空檔，若各位不嫌棄，就在這裡介紹細音的其他作品吧。

●富士見Fantasia文庫

《這是妳與我的最後戰場，或是開創世界的聖戰》（以下簡稱《最後聖戰》）

相互敵對的少年劍士和魔女女主角的傳奇奇幻故事。

上市後的反應極佳，這和《世界遺忘》都是筆者想在今年作為主打的故事。

●Novel0

《世界之敵（暫譯）》（最新的第二集決定在八月十五日發售！）

被最強怪物養大的最強怪異獵人的事件簿。

其實這邊的反應也相當好。由於是每集完結的故事，喜歡輕鬆閱讀的讀者還請看看！

在《最後聖戰》於七月推出最新的第二集後，《世界之敵》也將在八月出版最新的第二集（註：此指日本）。幸運的是，這兩作在第一集上市後的反應都很不錯，若各位願意在書店購買，會讓我很開心的。

……篇幅不知不覺間要用光了。

在最後，請讓我在這裡致上謝詞。

以集最棒、瀟灑和帥氣於一身的插畫妝點本作的neco老師，繼前作後繼續支持我的責編N大人，以及閱讀本作的讀者，筆者在此獻上誠摯的謝意。

那麼，讓我們在十月《世界遺忘》第二集相會吧。

夏季將至的午後　細音啓

NEXT

繼承英雄之劍與武技的凱伊（希德），

將與貞德及鈴娜

一同踏上成為人類英雄的旅程——

為何我的世界被遺忘了？

Phy Sew lu, ele tis Es feo r-delis uc I.

墮天之翼

第2集即將登場！

國家圖書館出版品預行編目資料

為何我的世界被遺忘了?. 1, 命運之劍 / 細音啓作；蔚山譯 . -- 初版 . -- 臺北市：臺灣角川 , 2019.05-
冊；　公分
譯自：なぜ僕の世界を誰も覚えていないのか？. 1, 運命の剣
ISBN 978-957-564-929-6(平裝)

861.57　　108003882

Kadokawa
Fantastic
Novels

為何我的世界被遺忘了？ 1
命運之劍

（原著名：なぜ僕の世界を誰も覚えていないのか？ 運命の剣）

2019年5月22日 初版第1刷發行
2024年7月3日 初版第2刷發行

作　者：細音 啓
插　畫：neco
譯　者：蔚山

發 行 人：台灣角川股份有限公司
總　　監：呂慧君
總 編 輯：蔡佩芬、朱哲成
主　　編：林秀儒
設計指導：陳晞叡
美術設計：李思穎
印　　務：李明修（主任）、張加恩（主任）、張凱棋、潘尚琪

發 行 所：台灣角川股份有限公司
地　　址：104台北市中山區松江路223號3樓
電　　話：（02）2515-3000
傳　　真：（02）2515-0033
網　　址：www.kadokawa.com.tw
劃撥帳戶：台灣角川股份有限公司
劃撥帳號：19487412
法律顧問：有澤法律事務所
製　　版：尚騰印刷事業有限公司
ＩＳＢＮ：978-957-564-929-6